Schaurige Weihnachten

Schaurige Weihnachten

Klassische
Horror- und Geistergeschichten

Ausgewählt von Jochen Veit

Neu übersetzt von Marion Herbert,
Heike Holtsch und Jochen Veit

Anaconda

FSC www.fsc.org
MIX
Papier | Fördert gute Waldnutzung
FSC® C014496

Penguin Random House Verlagsgruppe FSC® N001967

Die Deutsche Nationalbibliothek verzeichnet diese Publikation in der Deutschen Nationalbibliografie; detaillierte bibliografische Daten sind im Internet unter http://dnb.d-nb.de abrufbar.

Umschlagmotive: Shutterstock / mashakotcur, alexrockheart, Yuli23, MaryDesy, LenaLiArt
Umschlaggestaltung: FAVORITBUERO, München
Satz und Layout: Achim Münster, Overath
Druck und Bindung: GGP Media GmbH, Pößneck
Printed in Germany
ISBN 978-3-7306-1404-4
www.anacondaverlag.de

Inhalt

Vorwort 6

Amelia B. Edwards
Die Geisterkutsche 8

Sir Arthur Conan Doyle
Der Captain der Pole Star 28

Hume Nisbet
Das alte Portrait 63

Lettice Galbraith
Das Blaue Zimmer 70

Edith Nesbit
Das Omen des Schattens 102

Algernon Blackwood
Der Seesack 118

D. H. Lawrence
Wer zuletzt lacht 135

Quellenverzeichnis 160

Vorwort

Der Wind heult um den festgefrorenen Walfänger, ein einsamer Jäger verirrt sich in der nordenglischen Moorlandschaft, ein Maler verbringt den Weihnachtsabend allein in seinem Atelier, mit einem bösen Gemälde zur Gesellschaft.

Dämonen und finstere Wesen warten seit jeher in der Dunkelheit und Kälte des Winters. Man denke etwa an den Mythos von der Wilden Jagd, die Raunächte oder den Krampus. Diese Mythen haben wenig mit der Hoffnungsgeschichte des christlichen Weihnachtsfestes zu tun – und doch sind sie auf die eine oder andere Art Teil der verschiedenen europäischen Kulturen geblieben.

Im England des Viktorianischen Zeitalters ist die Tradition der weihnachtlichen Gruselgeschichte zu einem echten literarischen Subgenre geworden. Vermutlich mündlicher Erzähltraditionen entstammend wird die weihnachtliche Gruselgeschichte dank der vielen nun industriell gedruckten Zeitschriften zu einem literarischen und klassenübergreifenden Phänomen. Das Genre gehört so sehr zu Weihnachten, dass etwa Jerome K. Jerome schreibt: »Es ist gar nicht nötig, das Datum zu nennen (…) Eine Geistergeschichte spielt immer am Weihnachtsabend«. Und auch die berühmteste britische Weihnachtsgeschichte überhaupt, Charles Dickens' »A Christmas Carol«, ist schließlich eine Geistergeschichte. Dickens dürfte zur Popularität dieser Erzählungen nicht nur als Autor, sondern auch als Herausgeber von Zeitschriften beigetragen haben.

Denn dass so viele namhafte Autorinnen und Autoren sich dem Genre zuwandten, hängt auch damit zusammen: Die zahlreichen Literaturzeitschriften der Viktorianischen Ära hatten Dezember- und Januarausgaben zu befüllen: Für weihnachtlichen Grusel gab es einen Markt.

Die Schauplätze der Geschichten sind dabei vielfältig, eine Lieblingsszenerie aber gibt es, nämlich Landsitze begüterter Familien. Die idealisierte viktorianische Weihnacht dürfen wir uns hier in etwa so vorstellen: Familie X lädt den weit verzweigten Kreis verwandter und befreundeter Familien für mehrere Tage auf ihren Landsitz ein. Zu verschiedenen Anlässen besucht man Bälle in benachbarten Anwesen. Und am Weihnachtstag, wenn der Trubel sich etwas gelegt hat und kleine Gesellschaften noch im Musizier- oder Raucherzimmer verweilen, erzählt man sich Gruselgeschichten; natürlich am prasselnden Kamin, natürlich bei einsetzendem Schneegestöber. Gesellschaften dieser Art finden sich bei Lettice Galbraith und Edith Nesbit. Bei Letzterer erzählen die Figuren einander die älteste hier enthaltene Geschichte (»Die Geisterkutsche«). Doch auch mit den Gaslaternen der Großstadt verschwindet der Grusel nicht aus dem englischen Leben: In Londoner Mietswohnungen kann das weihnachtliche Grauen ebenso lauern, wie Hume Nisbet und Algernon Blackwood beweisen. Der Sherlock-Holmes-Schöpfer A. C. Doyle entführt dagegen ins Eismeer. Seine Geschichte ist die einzige, die nicht direkt am Weihnachtsabend spielt. Sie passt aber auch dank Erstpublikation in einer der besagten Zeitschriften gut in die Auswahl.

An schaurigen Weihnachtsgeschichten von den britischen Inseln mangelt es wirklich nicht. Uns schenken sie bis heute die Möglichkeit, in der gemütlichen Adventszeit die kalte Düsternis draußen nicht ganz zu vergessen, ohne in sie hinaustreten zu müssen.

Da weihnachtlicher Grusel wohldosiert sein will, hier ein Wort der Warnung: Die enthaltenen Geschichten sind teils wohlig gruslig, teils echter Horror. Ersterer Kategorie würde ich Amelia B. Edwards' »Die Geisterkutsche«, A. C. Doyles »Der Captain der Pole Star« und Edith Nesbits »Das Omen des Schattens« zuordnen. Die anderen Geschichten des Bandes: das mystisch-heidnische Weihnachtsfest, das D. H. Lawrence in »Wer zuletzt lacht« präsentiert, »Das Blaue Zimmer« von Lettice Galbraith, das »Alte Portrait« Hume Nisbets sowie die grausige Geschichte »Der Seesack« vom hierzulande wenig bekannten britischen Horror-Großmeister Algernon Blackwood – sie alle sollte man wohl nur in guter Weihnachtsgesellschaft oder zumindest bei voll aufgedrehtem Licht lesen.

Jochen Veit

Amelia B. Edwards

Die Geisterkutsche

Die Ereignisse, von denen ich nun berichten werde, zeichnen sich durch ihre Wahrheit aus. Sie sind mir selbst passiert, und meine Erinnerung daran ist so lebendig, als wäre es gestern gewesen. Und doch sind seit jener Nacht zwanzig Jahre vergangen. In diesen zwanzig Jahren habe ich die Geschichte nur einem einzigen Menschen erzählt. Nun erzähle ich sie mit einem Widerstreben, das ich schwer überwinden kann. Unterdessen bitte ich lediglich darum, davon Abstand zu nehmen, mir eigene Schlussfolgerungen aufzudrängen. Ich suche nicht nach Erklärungen. Ich wünsche keine Diskussionen. Meine Meinung in dieser Sache steht fest, und da ich mich auf meine eigenen Sinneseindrücke berufen kann, ziehe ich es vor, ihnen zu trauen.

Es war also vor genau zwanzig Jahren, einen oder zwei Tage vor dem Ende der Moorhuhn-Jagdsaison. Ich war den ganzen Tag mit meinem Gewehr draußen gewesen und hatte nichts Nennenswertes erlegt. Der Wind wehte gen Osten, der Monat war Dezember, der Ort ein ödes, breites Moor ganz im Norden Englands. Und ich hatte mich verlaufen. Es war kein angenehmer Ort, um sich zu verlaufen, denn gerade fielen die ersten federleichten Flocken eines heraufziehenden Schneesturms auf das Heidekraut, und der bleierne Abend brach um mich herein. Ich schirmte mir die Augen mit der Hand ab und blickte besorgt in die zunehmende Dunkelheit, wo das violette Moorland etwa zehn, zwölf Meilen in der Ferne mit einer niedrigen Hügelkette verschmolz. Nicht die zarteste Rauchfahne, nicht das kleinste bebaute Stück Land, noch ein Zaun oder Schafspfad weit und breit waren zu sehen. Mir blieb nichts anderes übrig, als weiterzugehen und zu hoffen, dass ich unterwegs irgendeinen Unterschlupf finden würde. Also schulterte ich wieder mein Gewehr und schleppte mich müde voran, denn ich hatte mich eine Stunde nach Tagesanbruch auf den Weg gemacht und seit dem Frühstück nichts gegessen.

Inzwischen begann der Schnee mit unheilvoller Beständigkeit zu fallen, und der Wind ließ nach. Dann wurde die Kälte durchdringender, und die Nacht kam schnell. Meine Aussichten verdunkelten sich mit dem dunkelnden Himmel, und das Herz wurde mir schwer, als ich daran dachte, wie meine junge Frau bereits durchs Fenster unseres kleinen Gasthauszimmers nach mir Ausschau halten würde, und mir vorstellte, wie viel Leid ihr diese beschwerliche Nacht wohl noch bringen würde. Wir waren seit vier Monaten verheiratet, und nachdem wir den Herbst in den Highlands verbracht hatten, wohnten wir nun in einem abgelegenen Dörfchen direkt am Rand der großen englischen Moorlandschaft. Wir waren sehr verliebt und natürlich sehr glücklich. Beim Abschied an diesem Morgen hatte sie mich inständig gebeten, vor der Abenddämmerung zurückzukehren, und ich hatte es ihr versprochen. Was hätte ich nicht darum gegeben, mein Wort halten zu können!

Auch jetzt noch, trotz meiner Müdigkeit, glaubte ich, nach einem Abendessen, einer Stunde Rast und einer Wegbeschreibung bis Mitternacht wieder bei ihr sein zu können, wenn ich nur jemanden treffen und irgendwo einkehren könnte.

Und die ganze Zeit über fiel der Schnee, und die Nacht verfinsterte sich. Immer wieder blieb ich stehen und rief, aber meine Rufe schienen die Stille nur noch tiefer zu machen. Dann überkam mich ein vages Gefühl des Unbehagens, und mir fielen Geschichten von Wanderern ein, die im Schneefall immer weitergegangen waren, bis sie sich vor Erschöpfung hinlegen und im Schlaf ihr Leben lassen mussten. Wäre es mir möglich, fragte ich mich, so die ganze lange, dunkle Nacht hindurch auszuhalten? Käme nicht ein Moment, in dem meine Glieder versagen mussten und meine Entschlossenheit schwand? In dem auch ich den Schlaf des Todes schlafen musste? Der Tod! Mich schauderte. Wie schwer wäre es, gerade jetzt zu sterben, wo das Leben gar so strahlend vor mir lag! Wie schwer für meine Liebste, deren ganzes liebendes Herz ... doch dieser Gedanke war unerträglich! Um ihn zu verbannen, rief ich wieder, lauter und länger, und lauschte dann angestrengt. Wurde mein Rufen beantwortet, oder bildete ich mir nur ein, dass ich aus der Ferne einen Schrei hörte? Ich rief wieder, und wieder folgte das Echo. Dann kam plötzlich ein flackernder Lichtfleck aus der Dunkelheit, schwankte, verschwand, erschien dann immer näher und heller. So schnell ich konnte, rannte ich darauf zu, und stand zu meiner großen Freude bald vor einem alten Mann mit einer Laterne.

»Gott sei Dank!«, stieß ich unwillkürlich hervor.

Blinzelnd und stirnrunzelnd hob er die Laterne und starrte mir ins Gesicht.

»Für was?«, brummte er ärgerlich.

»Nun ja – für Sie. Ich hatte schon befürchtet, mich im Schnee zu verirren.«

»Tja, in dieser Gegend gehn schon hie und da mal Leute verlorn, warum solln Se dann nich auch verlorn gehn, wenn Gott es so will?«

»Wenn Gott es so will, dass Sie und ich uns zusammen verirren, Freund, dann müssen wir uns fügen«, antwortete ich, »aber ich habe nicht vor, mich ohne Sie zu verirren. Wie weit bin ich jetzt von Dwolding entfernt?«

»Gut zwanzig Meilen, mehr oder weniger.«

»Und das nächste Dorf?«

»Das nächste Dorf is Wyke, und das is zwölf Meilen zur andern Seite.«

»Und wo wohnen Sie dann?«

»Da drüben«, sagte er und schwenkte leicht die Laterne.

»Sie gehen nach Hause, nehme ich an?«

»Kann sein.«

»Dann komme ich mit.«

Der Alte schüttelte den Kopf und kratzte sich nachdenklich mit dem Laternengriff an der Nase.

»Bringt nichts«, knurrte er. »Der lässt Se nich rein – der nich.«

»Das werden wir sehen«, antwortete ich knapp. »Wer ist denn ›der‹?«

»Der Herr.«

»Wer ist der Herr?«

»Geht Se nichts an«, war die unumwundene Antwort.

»Na, na, gehen Sie mal voran, ich kümmere mich dann schon darum, dass der Herr mir heute Abend ein Dach über dem Kopf und eine Mahlzeit gibt.«

»Versuchn könn' Se's ja!«, murmelte mein widerwilliger Führer, und noch immer kopfschüttelnd schlurfte er gnomartig durch den fallenden Schnee davon. Bald darauf ragte etwas Großes aus der Dunkelheit auf, und ein riesiger Hund schoss wild bellend hervor.

»Ist dies das Haus?«, fragte ich.

»Jawoll, das is das Haus. Ruhig, Bey!« Er kramte in seiner Tasche nach dem Schlüssel.

Ich hielt mich dicht hinter ihm, um ja nicht die Gelegenheit zu verpassen, hineinzugehen, und sah im kleinen Lichtschein der Laterne, dass die Tür dicht mit Eisennägeln beschlagen war wie eine Gefängnistür. Eine Minute später hatte er den Schlüssel umgedreht, und ich hatte mich an ihm vorbei ins Haus gedrängt.

Sobald ich drinnen war, sah ich mich neugierig um. Ich befand mich in einer großen Eingangshalle mit freiliegenden Deckenbalken, die anscheinend verschiedenen Zwecken diente. Am einen Ende stapelte sich Getreide bis zum Dach wie in einer Scheune. Am anderen lagerten Mehlsäcke, landwirtschaftliche Geräte, Fässer und alles mögliche Gerümpel, und von den Balken oben hingen mehrere Reihen Schinken, Speckseiten und getrocknete Kräutersträußchen für die Nutzung im Winter herab. In der Mitte des Raums stand ein riesiges Objekt, das dürftig mit einem schmutzigen Stoffüberwurf bedeckt war und fast bis an die Balken reichte. Als ich eine Ecke des Stoffs anhob, sah ich zu meiner Überraschung ein Teleskop von beträchtlicher Größe, das auf einer einfachen, beweglichen Plattform mit vier kleinen Rädern befestigt war. Das Fernrohr aus lackiertem Holz wurde von groben Metallbändern zusammengehalten; der Spiegel hatte, soweit ich seine Größe in dem dämmrigen Licht einschätzen konnte, einen Durchmesser von mindestens fünfzehn Zoll. Während ich das Instrument noch betrachtete und mich fragte, ob es nicht das Werk eines Autodidakten sein mochte, klingelte laut eine Glocke.

»Das is für Sie«, sagte mein Führer mit einem gehässigen Grinsen. »Da drüben is sein Zimmer.«

Er deutete auf eine niedrige schwarze Tür auf der anderen Seite der Eingangshalle. Ich ging hinüber, klopfte ziemlich laut an und ging hinein, ohne auf eine Einladung zu warten. Ein riesiger, weißhaariger alter Mann erhob sich von einem Tisch voller Bücher und Papiere und trat streng auf mich zu.

»Wer sind Sie?«, fragte er. »Wie sind Sie hierhergekommen? Was wollen Sie?«

»James Murray, Rechtsanwalt. Zu Fuß übers Moor. Speis und Trank und ein Nachtlager.«

Er zog seine buschigen Augenbrauen zu einem unheilvollen Stirnrunzeln zusammen.

»Das hier ist kein Wirtshaus«, sagte er geringschätzig. »Jacob, wie konntest du es wagen, diesen Fremden hereinzulassen?«

»Ich hab'n nich reingelassen«, grummelte der Alte. »Der is mir übers Moor gefolgt und hat sich vor mir reingedrängelt. Mit knapp eins neunzig kann ich's nich aufnehm.«

»Und Sie, Sir, mit welchem Recht haben Sie sich gewaltsam Einlass in mein Haus verschafft?«

»Mit demselben, mit dem ich mich auch in Seenot an Ihr Boot geklammert hätte. Dem Recht der Selbsterhaltung.«

»Selbsterhaltung?«

»Es liegt schon ein Zoll Schnee«, antwortete ich knapp; »bis Tagesanbruch wird er tief genug sein, um meine Leiche zu bedecken.«

Er trat ans Fenster, zog einen schweren schwarzen Vorhang beiseite und blickte hinaus.

»Das ist wahr«, sagte er. »Wenn es Ihnen beliebt, können Sie bis zum Morgen bleiben. Jacob, bring das Essen.«

Damit wies er mir einen Platz zu, nahm seinen eigenen wieder ein und vertiefte sich sogleich erneut in die Studien, bei denen ich ihn gestört hatte.

Ich stellte mein Gewehr in eine Ecke, zog den Stuhl an den Kamin und sah mich mit Muße in meinem Quartier um. Dieses Zimmer war zwar kleiner und weniger inkongruent eingerichtet als die Eingangshalle, enthielt aber dennoch vieles, was meine Neugier weckte. Der Fußboden war teppichlos. Die weiß getünchten Wände waren zum einen Teil mit seltsamen Diagrammen bekritzelt und zum anderen von Regalen voller wissenschaftlicher Instrumente verdeckt, deren Verwendung ich oft nicht kannte. Auf der einen Seite des Kamins stand ein Bücherschrank mit zerfledderten Folianten, auf der anderen eine kleine Orgel, die fantastisch dekoriert war mit bemalten Schnitzereien von mittelalterlichen Heiligen und Teufeln. Durch die halb geöffnete Tür eines Schranks am anderen Ende des Zimmers sah ich eine lange Reihe von geologischen Proben, chirurgischen Präparaten, Tiegeln, Destillierkolben und Glasgefäßen mit Chemikalien, während auf dem Kaminsims neben mir, zwischen mehreren kleinen Gegenständen, ein Modell des Sonnensystems, eine kleine galvanische Batterie und ein Mikroskop standen. Jeder Stuhl trug seine Last. In jeder Ecke stapelten sich Bücher. Sogar der Fußboden war mit Landkarten, Modellen, Papieren, Vorzeichnungen und wissenschaftlichem Gekritzel verschiedenster Arten übersät.

Mit jedem neuen Gegenstand, auf den mein Blick fiel, wuchs mein Erstaunen. Ein so merkwürdiges Zimmer hatte ich noch nie gesehen; und noch merkwürdiger erschien es, ein solches

Zimmer in einem allein stehenden Bauernhaus inmitten dieser wilden und einsamen Moore zu finden! Wieder und wieder blickte ich von meinem Gastgeber zu seiner Umgebung und von seiner Umgebung zurück zu meinem Gastgeber und fragte mich, wer und was er sein mochte? Sein Kopf wirkte ausgesprochen edel, aber es war eher der Kopf eines Dichters als der eines Wissenschaftlers. Über den Augen vorstehend, mit breiten Schläfen und von einer wirren Fülle reinweißen Haars bedeckt, hatte er all die Nachdenklichkeit und viel der Schroffheit, die den Kopf Ludwig van Beethovens charakterisieren. Da waren die gleichen tiefen Falten um den Mund, die gleichen strengen Furchen auf der Stirn, der gleiche konzentrierte Gesichtsausdruck. Während ich den Mann noch musterte, ging die Tür auf, und Jacob brachte das Abendessen herein. Daraufhin schloss sein Hausherr das Buch, stand auf und lud mich mit mehr Höflichkeit, als er bisher bewiesen hatte, zu Tisch.

Mir wurden ein Teller mit gebratenem Schinken und Spiegeleiern, ein Laib dunkles Brot und eine Flasche ausgezeichneten Sherrys serviert.

»Ich kann Ihnen nur die einfachste Bauernkost anbieten, Sir«, sagte mein Wirt. »Ihr Appetit wird hoffentlich die Mängel unserer Speisekammer ausgleichen.«

Ich hatte mich bereits über das Mahl hergemacht und beteuerte nun mit der Begeisterung eines Verhungernden, noch nie etwas so Köstliches gegessen zu haben.

Er verbeugte sich steif und setzte sich, um ebenfalls sein Abendessen einzunehmen, das lediglich aus einer Kanne Milch und einer Schüssel Haferbrei bestand. Wir aßen schweigend, und als wir fertig waren, räumte Jacob das Tablett ab. Ich rückte meinen Stuhl wieder ans Feuer. Zu meiner Überraschung tat mein Gastgeber es mir gleich, wandte sich abrupt zu mir und sagte:

»Sir, seit dreiundzwanzig Jahren lebe ich hier in strenger Abgeschiedenheit. Während dieser Zeit habe ich nicht ebenso viele fremde Gesichter gesehen und keine einzige Zeitung gelesen. Sie sind seit mehr als vier Jahren der erste Fremde, der über meine Schwelle getreten ist. Würden Sie mir die Gunst erweisen, mir ein paar Worte über die Außenwelt zu sagen, aus der ich mich schon so lange zurückgezogen habe?«

»Bitte befragen Sie mich«, erwiderte ich. »Ich bin Ihnen herzlich gern zu Diensten.«

Er nickte dankend, beugte sich vor, die Ellbogen auf die Knie gestützt und das Kinn in den Händen, blickte starr ins Feuer und begann, mir Fragen zu stellen.

Seine Erkundigungen bezogen sich hauptsächlich auf wissenschaftliche Gebiete, mit deren neusten Errungenschaften er, was die praktischen Anwendungen betraf, fast gänzlich unvertraut war. Da ich selbst kein Wissenschaftler bin, antwortete ich, so gut es meine dürftigen Kenntnisse zuließen, doch die Aufgabe war beileibe nicht einfach, und ich war sehr erleichtert, als er, von Befragung zu Diskussion übergehend, anfing, mir seine eigenen Schlüsse zu den Fakten mitzuteilen, die ich versucht hatte darzustellen. Er sprach, und ich hörte gebannt zu. Er sprach, bis er meine Anwesenheit vermutlich fast vergaß und nur noch laut dachte. Damals hatte ich noch nie etwas Ähnliches gehört, und ich habe auch seither nie wieder etwas Ähnliches gehört. Vertraut mit allen Systemen aller Wissenschaften, scharfsinnig in der Analyse, kühn in der Folgerung, ließ er seine Gedanken als einen ununterbrochenen Strom fließen und wanderte, noch immer vorgebeugt in derselben grüblerischen

Haltung, die Augen starr aufs Feuer gerichtet, von Thema zu Thema, von Spekulation zu Spekulation wie ein erleuchteter Träumer. Von praktischer Naturwissenschaft zu intellektueller Philosophie, von der Elektrizität im Draht zur Elektrizität im Nerv, von Watts zu Mesmer, von Mesmer zu Reichenbach, von Reichenbach zu Swedenborg, Spinoza, Condillac, Descartes, Berkeley, Aristoteles, Platon und den Weisen und Mystikern aus dem Morgenland, all diese Übergänge, wie verwirrend sie in ihrer Vielfalt und Reichweite auch waren, wirkten von seinen Lippen leicht und harmonisch wie musikalische Sequenzen. Wenig später – ich weiß nicht mehr, in welchem Zusammenhang einer Mutmaßung oder Illustration – kam er auf das Gebiet, das jenseits der Grenze selbst der spekulativen Philosophie liegt und bis wer weiß wohin reicht. Er sprach von der Seele und ihren Sehnsüchten, vom Geist und seinen Kräften, von außersinnlichen Wahrnehmungen, von Prophezeiung, von den Phänomenen, die in allen Zeitaltern als sogenannte Geister, Gespenster und übernatürliche Erscheinungen von Skeptikern geleugnet und von Leichtgläubigen bezeugt werden.

»Die Welt«, sagte er, »wird stündlich skeptischer gegenüber allem, was außerhalb ihres eigenen engen Radius liegt, und unsere Wissenschaftler fördern diese fatale Tendenz. Alles, was sich einem Experiment entzieht, tun sie als Märchen ab. Alles, was sich nicht im Labor oder im Anatomiesaal überprüfen lässt, weisen sie als falsch zurück. Gegen welchen Aberglauben sonst führen sie schon so lange und erbittert Krieg wie gegen den Glauben an Erscheinungen? Und welcher Aberglaube sonst hält sich dennoch schon so lange und so fest in den Köpfen der Menschen? Nennen Sie mir eine beliebige Tatsache in der Physik, der Geschichte, der Archäologie, zu der es so zahlreiche und so vielfältige Zeugenaussagen gibt. Dieses Phänomen, das von allen Völkern der Welt bestätigt wird, in allen Zeitaltern und allen Regionen, von den nüchternsten Weisen der Antike, von den abgeschiedensten Stämmen unserer Zeit, von Christen, Heiden, Pantheisten, Materialisten, wird von den Wissenschaftlern unseres Jahrhunderts als ein Ammenmärchen behandelt. Indizienbeweise wiegen auf ihrer Waage wie eine Feder. Der Zusammenhang von Ursache und Wirkung, der zwar in der physikalischen Wissenschaft bedeutend ist, wird als belanglos und unzuverlässig abgetan. Die Aussagen kompetenter Zeugen, die zwar vor Gericht entscheidend sind, zählen nichts. Wer zögert, bevor er eine Meinung äußert, wird als Spinner verurteilt. Wer glaubt, ist ein Fantast oder ein Narr.«

Er sprach voll Bitterkeit und verfiel danach für ein paar Minuten in Schweigen. Dann hob er den Kopf von seinen Händen und fügte mit veränderter Stimme und Manier hinzu: »Ich, Sir, zögerte, untersuchte, glaubte und schämte mich nicht, meine Überzeugungen vor der Welt zu vertreten. Auch ich wurde als Träumer gebrandmarkt, von meinen Zeitgenossen verspottet und aus jenem Gebiet der Wissenschaft vertrieben, in dem ich all die besten Jahre meines Lebens ehrenhaft geforscht hatte. Diese Dinge geschahen vor genau dreiundzwanzig Jahren. Seither lebe ich, wie Sie mich jetzt leben sehen, und die Welt hat mich vergessen, wie auch ich die Welt vergessen habe. Nun kennen Sie meine Geschichte.«

»Sie ist sehr traurig«, murmelte ich, da ich nicht recht wusste, was ich antworten sollte.

»Sie ist sehr gewöhnlich«, erwiderte er. »Ich habe nur für die Wahrheit gelitten, wie schon viele bessere und weisere Menschen vor mir gelitten haben.«

Er stand auf, wie um das Gespräch zu beenden, und ging zum Fenster hinüber.

»Es hat aufgehört zu schneien«, bemerkte er, als er den Vorhang fallen ließ und zum Feuer zurückkehrte.

»Aufgehört!«, rief ich und sprang eilig auf. »Ach, wenn es nur möglich wäre – aber nein! Es ist hoffnungslos. Selbst wenn ich den Weg übers Moor fände, könnte ich nicht heute Nacht noch zwanzig Meilen laufen.«

»Heute Nacht noch zwanzig Meilen laufen!«, wiederholte mein Gastgeber. »Was fällt Ihnen ein?«

»Meine Frau«, antwortete ich ungeduldig. »Meine junge Frau, die nicht weiß, dass ich mich verirrt habe, und der jetzt gerade vor Angst und Schrecken das Herz bricht.«

»Wo ist sie?«

»In Dwolding, zwanzig Meilen entfernt.«

»In Dwolding«, echote er nachdenklich. »Ja, die Entfernung beträgt zwanzig Meilen, das ist wahr, aber – liegt Ihnen so viel daran, die nächsten sechs bis acht Stunden zu gewinnen?«

»Mir liegt so viel daran, dass ich jetzt gerade zehn Guineas für einen Führer und ein Pferd geben würde.«

»Ihr Wunsch kann zu geringeren Kosten erfüllt werden«, sagte er lächelnd. »Die Nachtpost aus dem Norden, die in Dwolding die Pferde wechselt, fährt fünf Meilen von hier vorbei und wird in etwa eineinviertel Stunden an einer bestimmten Wegkreuzung ankommen. Wenn Jacob Sie bis zur alten Kutschenstraße übers Moor begleiten würde, fänden Sie wohl bis dorthin, wo sie auf die neue trifft?«

»Sicher – sehr gerne.«

Er lächelte wieder, klingelte, gab dem alten Dienstboten seine Anweisungen, nahm dann eine Flasche Whisky und ein

Weinglas aus dem Schrank, in dem er seine Chemikalien aufbewahrte, und sagte:

»Der Schnee ist tief, und es wird schwer sein, heute Nacht übers Moor zu gehen. Ein Gläschen, bevor Sie aufbrechen?«

Ich hätte den Alkohol abgelehnt, aber mein Wirt nötigte mich, also trank ich. Der Whisky rann mir durch die Kehle wie flüssiges Feuer und nahm mir fast den Atem.

»Er ist stark«, sagte er, »aber er wird Ihnen gegen die Kälte helfen. Und jetzt dürfen Sie keinen Augenblick mehr verweilen. Gute Nacht!«

Ich dankte ihm für seine Gastfreundschaft und wollte ihm die Hand schütteln, doch er hatte sich schon abgewandt, bevor ich meinen Satz beenden konnte. Eine Minute später hatte ich die Eingangshalle durchquert, Jacob hatte die Haustür hinter mir abgeschlossen, und schon waren wir draußen auf dem weiten weißen Moor.

Obwohl der Wind nachgelassen hatte, war es noch immer bitterkalt. Nicht ein Stern glomm am schwarzen Himmelsgewölbe. Nicht ein Geräusch, bis auf das rasche Knirschen des Schnees unter unseren Füßen, durchbrach die schwere Stille der Nacht. Jacob, nicht allzu froh über diesen Auftrag, schlurfte in mürrischem Schweigen voran, mit der Laterne in der Hand und seinem Schatten zu seinen Füßen. Ich folgte mit dem Gewehr über der Schulter, einem Gespräch ebenso wenig zugeneigt wie er. Meine Gedanken waren von meinem Gastgeber erfüllt. Seine Stimme klang mir noch in den Ohren. Seine Redegewandtheit hielt meine Fantasie noch gefangen. Bis heute erinnere ich mich staunend, wie mein überreiztes Hirn ganze Sätze und Satzteile behielt, eine Vielzahl brillanter Bilder und Fragmente großartiger Argumentation, in genau den Worten, in denen er sie geäußert hatte. Während ich so über das Gehörte nachdachte und mich bemühte, hier und da eine verlorene Verbindung zu rekonstruieren, folgte ich gedankenverloren und unaufmerksam meinem Führer dicht auf den Fersen. Dann – nach nur wenigen Minuten, wie es mir schien – blieb er plötzlich stehen und sagte:

»Da is Ihre Straße. Halten Se die Steinmauer rechter Hand, dann wern Se sich nich verlaufn.«

»Dies ist also die alte Kutschenstraße?«

»Jup, das is die alte Kutschenstraße.«

»Und wie weit ist es noch bis zur Kreuzung?«

»Fast drei Meiln.«

Als ich meine Brieftasche zückte, wurde er gesprächiger.

»Die Straße is ganz gut«, sagte er, »für Fußgänger, aber fürn Verkehr ausm Norden war se zu steil und schmal. Se wern sehn, wo die Brüstung weggebrochen is, kurz vorm Wegweiser. Is nich repariert, seitm Unfall.«

»Was für ein Unfall?«

»Tja, die Nachtpost is umgekippt und bis ins Tal runtergestürzt – bestimmt über fünfzig Fuß – genau am schlechtsten Straßenstück im ganzn County.«

»Wie schrecklich! Sind viele gestorben?«

»Alle. Vier warn tot, als man se gefundn hat, und die andern zwei am nächsten Morgen.«

»Wie lange ist das jetzt her?«

»Grad neun Jahr.«

»Vor dem Wegweiser, sagen Sie? Ich werde daran denken. Gute Nacht.«

»Gut Nacht, Sir, und danke.« Jacob steckte seine halbe Krone ein, deutete vage an, sich an den Hut zu fassen, und trottete den Weg zurück, den wir gekommen waren.

Ich sah dem Licht seiner Laterne nach, bis es ganz verschwand, drehte mich dann um und setzte meinen Weg allein fort. Dies bereitete mir nun nicht mehr die geringste Schwierigkeit, denn trotz der absoluten Finsternis über mir zeichnete sich die Steinmauer im blassen Schimmer des Schnees deutlich genug ab. Wie still es mir nun vorkam, als ich nur noch meine Schritte hörte; wie still und wie einsam! Ein seltsames, unangenehmes Gefühl des Alleinseins beschlich mich. Ich ging schneller. Ich summte ein Stück einer Melodie. Ich zählte riesige Summen im Kopf zusammen und ließ sie mit Zinseszins anwachsen. Kurz, ich tat mein Bestes, um die erschreckenden Spekulationen zu vergessen, die ich zuvor gehört hatte, und in gewissem Maße gelang es mir.

Unterdessen schien die Nachtluft immer kälter zu werden, und obwohl ich schnell ging, war es mir unmöglich, mich warm zu halten. Meine Füße waren wie Eis. Ich verlor das Gefühl in den Händen und umklammerte unwillkürlich mein Gewehr. Selbst das Atmen fiel mir schwer, als würde ich, statt eine ruhige Landstraße in Nordengland entlangzugehen, die Spitze eines gigantischen Berges in den Alpen erklimmen. Dieses letzte Symptom wurde bald so bedrückend, dass ich gezwungen war, für ein paar Minuten anzuhalten und mich an die Steinmauer zu lehnen. Dabei blickte ich zufällig auf die Straße hinter mir und sah dort, zu meiner unendlichen Erleichterung, einen fernen Lichtpunkt wie den Schein einer sich nähernden Laterne. Zuerst dachte ich, Jacob wäre umgekehrt und würde mir folgen, doch noch während mir diese Vermutung kam, leuchtete ein zweites Licht auf – das sich offensichtlich parallel zum ersten bewegte und mit derselben Geschwindigkeit herannahte. Nun war ich sicher, dass dies die Kutschenlampen eines privaten Fuhrwerks sein mussten, auch wenn es mir merkwürdig vorkam, dass ein privates Fuhrwerk eine angeblich nicht mehr genutzte und gefährliche Straße nehmen sollte.

An der Tatsache konnte jedoch kein Zweifel bestehen, denn die Lampen wurden jeden Augenblick größer und heller, und ich glaubte sogar, schon den dunklen Umriss der Kutsche dazwischen erkennen zu können. Sie näherte sich sehr schnell und völlig geräuschlos, denn der Schnee unter den Rädern war fast einen Fuß tief.

Und nun wurde die Karosserie des Fuhrwerks hinter den Lampen deutlich sichtbar. Sie sah seltsam hoch aus. Plötzlich kam mir ein Verdacht. War es möglich, dass ich im Dunkeln die Kreuzung passiert hatte, ohne den Wegweiser zu bemerken, und konnte dies die Kutsche sein, die ich hatte erreichen wollen?

Die Frage musste ich mir kein zweites Mal stellen, denn hier bog sie um die Kurve der Straße: Wächter und Kutscher, ein Außenpassagier und vier dampfende Grauschimmel, alle in einen weichen Lichtnebel gehüllt, aus dem die Lampen hervorloderten wie zwei Feuerkugeln.

Ich sprang vorwärts, winkte mit dem Hut und rief. Die Postkutsche kam mit voller Geschwindigkeit heran und fuhr an mir vorbei. Einen Augenblick lang fürchtete ich, nicht gesehen oder gehört worden zu sein, aber nur einen Augenblick lang. Der Fuhrmann hielt an; der Wächter, bis zu den Augen in Umhänge und Schals gehüllt und anscheinend trotz des Geratters fest eingeschlafen, antwortete weder auf meinen Gruß, noch machte er sich die geringste Mühe abzusteigen; der Außenpassagier drehte nicht einmal den Kopf. Ich öffnete mir selbst die Tür und sah hinein. Drinnen saßen nur drei Reisende, also trat ich ein, schloss die Tür, schlüpfte in die freie Ecke und gratulierte mir zu meinem Glück.

Die Atmosphäre in der Kutsche schien, sofern das möglich war, noch kälter als die Luft draußen, und es herrschte ein eigenartig feuchter und unangenehmer Geruch. Ich blickte mich zu meinen Mitreisenden um. Alle drei waren Männer und sehr schweigsam. Sie schienen nicht zu schlafen, sondern lehnten jeder in einer Ecke des Fuhrwerks wie in ihre eigenen Gedanken versunken. Ich versuchte, ein Gespräch zu beginnen.

»Wie furchtbar kalt es heute Nacht ist«, sagte ich zu meinem Gegenüber.

Er hob den Kopf, sah mich an, antwortete aber nicht.

»Der Winter«, fügte ich hinzu, »hat wohl wirklich angefangen.«

Obwohl die Ecke, in der er saß, so düster war, dass ich sein Gesicht nicht klar erkennen konnte, sah ich, dass seine Augen noch immer ganz auf mich gerichtet waren. Und doch antwortete er mit keinem Wort.

Zu jeder anderen Zeit hätte ich darüber Ärger empfunden und vielleicht auch ausgedrückt, aber im Augenblick fühlte ich mich für beides zu schlecht. Die eisig kalte Nachtluft hatte mich bis ins Mark gefrieren lassen, und der merkwürdige Geruch in der Kutsche fügte mir eine unerträgliche Übelkeit zu. Ich zitterte von Kopf bis Fuß und fragte, an meinen linken Nachbarn gewandt, ob er gegen ein offenes Fenster etwas einzuwenden habe?

Er schwieg und rührte sich nicht.

Ich wiederholte die Frage etwas lauter, jedoch mit dem gleichen Ergebnis. Dann verlor ich die Geduld und schob das Fenster herunter. Dabei zerriss mir der Lederriemen in der Hand, und ich mir fiel auf, dass das Glas mit einer dicken, anscheinend seit Jahren gewachsenen Schimmelschicht bedeckt war. Nachdem meine Aufmerksamkeit nun auf den Zustand der Kutsche gelenkt war, betrachtete ich sie genauer und sah im unbeständigen Licht der Außenlampen, dass sie sich im letzten Verfallsstadium befand. Alles an ihr war nicht nur reparaturbedürftig, sondern in einem Zustand der Vermoderung. Die Fensterrahmen zersplitterten, sobald man sie berührte. Die Lederbeschläge waren schimmelverkrustet und lösten sich tatsächlich aus dem verrottenden Holz. Der Boden brach mir fast unter den Füßen weg. Kurz, der ganze Wagen war von Feuchtigkeit zerfressen und offensichtlich aus irgendeinem Schuppen gezerrt worden, in dem er seit Jahren vor sich hin moderte, um noch ein, zwei Tage auf der Straße seine Pflicht zu tun.

Ich wandte mich an den dritten Passagier, den ich noch nicht angesprochen hatte, und wagte eine weitere Bemerkung.

»Diese Kutsche«, sagte ich, »ist in einem erbärmlichen Zustand. Die reguläre Post ist wohl in der Reparatur?«

Er drehte langsam den Kopf und sah mir wortlos ins Gesicht. Diesen Blick werde ich mein Lebtag nicht vergessen. Darunter wurde mir kalt bis ins Herz. Mir wird selbst jetzt noch kalt bis ins Herz, wenn ich daran denke. Aus seinen Augen leuchtete ein feuriges, unnatürliches Glühen. Sein Gesicht war aschfahl wie das einer Leiche. Sein blutleerer Mund war wie in Todesqualen verzerrt und ließ die schimmernden Zähne erkennen.

Die Worte, die ich aussprechen wollte, erstarben mir auf den Lippen, und ein mir unbekanntes Entsetzen – ein fürchterliches Entsetzen – überkam mich. Inzwischen hatten sich meine Augen an die Düsterkeit in der Kutsche gewöhnt, und ich konnte leidlich klar sehen. Ich drehte mich zu meinem Gegenüber. Auch er blickte mich mit der gleichen erschreckenden Blässe im Gesicht und dem gleichen starren Glanz in den Augen an. Ich strich mir über die Stirn. Ich wandte mich zum Passagier auf dem Sitz neben mir und sah – oh Himmel! Wie soll ich beschreiben, was ich sah? Ich sah, dass er kein Lebender war – dass keiner von ihnen ein Lebender war wie ich! Ein schwaches, phosphoreszierendes Licht – das Licht der Fäulnis – schimmerte auf ihren schrecklichen Gesichtern; auf ihrem Haar, getränkt vom Tau des Grabes; auf ihren Kleidern, erdbefleckt und zu Lumpen zerfallen; auf ihren Händen, die wie die Hände vor langer Zeit begrabener Leichen aussahen. Nur ihre Augen, ihre furchtbaren Augen, waren lebendig; und diese Augen waren alle drohend auf mich gerichtet!

Ein Schreckensschrei, ein wildes, unverständliches Kreischen um Hilfe und Gnade drang mir über die Lippen, während ich mich gegen die Tür warf und vergeblich versuchte, sie zu öffnen.

In jenem einzigen Augenblick, kurz und klar wie eine Landschaft im Blitzlicht eines Sommergewitters, sah ich den Mond durch einen Riss in den stürmischen Wolken herabscheinen – den grässlichen Wegweiser, der seinen warnenden Finger am Straßenrand hob – die kaputte Brüstung – die hinunterstürzenden Pferde – den schwarzen Abgrund darunter. Dann schaukelte die Kutsche wie ein Schiff auf See. Dann kam ein gewaltiger Aufprall – ein überwältigender Schmerz – und dann Dunkelheit.

Es kam mir vor, als wären Jahre vergangen, als ich eines Morgens aus tiefem Schlaf erwachte und meine Frau an meinem Bett sitzen sah. Ich übergehe die darauffolgende Szene und wiederhole in wenigen Worten, was sie mir unter Tränen der Dankbarkeit erzählte. Ich war nahe der Kreuzung von alter und neuer Kutschenstraße einen steilen Abhang hinuntergestürzt und dem sicheren Tod nur entgangen, weil ich auf einer tiefen Schneeverwehung gelandet war, die sich am Fuß des Felsens darunter angesammelt hatte. In dieser Schneeverwehung wurde ich bei Tagesanbruch von ein paar Hirten entdeckt, die mich zur nächsten Herberge brachten und einen Arzt holten. Der Arzt fand mich in einem fantasierenden Delirium vor, mit gebrochenem Arm und einer komplizierten Schädelfraktur. Die Papiere in meiner Brieftasche enthielten meinen Namen und meine Adresse; meine Frau wurde gerufen, um mich zu pflegen; und dank meiner Jugend und guten Konstitution schwebte ich schließlich nicht mehr in Gefahr. Ich muss wohl kaum erwähnen, dass ich genau dort gestürzt war, wo neun Jahre zuvor der schreckliche Unfall der Nordpost geschah.

Meiner Frau habe ich nie von den entsetzlichen Ereignissen erzählt, die ich gerade geschildert habe. Ich erzählte dem Arzt davon, der mich behandelte, aber er betrachtete die ganze Geschichte als einen bloßen Fiebertraum. Wir diskutierten immer wieder darüber, bis wir feststellten, dass es uns ruhigen Gemüts nicht mehr möglich war, und ließen das Thema dann fallen. Andere mögen die Schlussfolgerungen ziehen, die zu ziehen ihnen beliebt – ich weiß, dass ich vor zwanzig Jahren der vierte Passagier im Innern der Geisterkutsche war.

Sir Arthur Conan Doyle

Der Captain der Pole Star

[Auszug aus dem persönlichen Logbuch von John M'Alister Ray, Student der Medizin]

11. September – Breite 81 ° 40' N; Länge 2 ° O. Noch immer vor Anker in der Eiswüste. Eis-Anker in Richtung Norden gesetzt, in einer Fläche, die mindestens so groß ist wie eine englische Grafschaft. Rechts und links erstreckt sich die Eisdecke bis zum Horizont. Heute Morgen berichtete der Erste Maat, Richtung Süden bilde sich Packeis. Sollte es massiver werden, schneidet es uns den Rückweg ab und wir begeben uns in eine gefährliche Lage, denn wie ich hörte, werden unsere Vorräte allmählich knapp. Die Saison nähert sich dem Ende, die Nächte setzen wieder ein.

Heute Früh habe ich über der Fockrahe einen Stern funkeln sehen, zum ersten Mal seit Anfang Mai. Unter der Besatzung herrscht großer Unmut, die meisten wollen rechtzeitig zu Beginn der Hering-Saison wieder in heimischen Gewässern sein, weil die Heuer an der schottischen Küste dann besonders hoch ist. Bislang zeigt sich der Unwille lediglich in düsteren Mienen und finsteren Blicken, doch wie mir der Zweite Maat heute Nachmittag erzählte, zieht die Mannschaft in Erwägung, eine Abordnung zum Captain zu schicken, um ihr Missfallen zu bekunden. Ich hege starke Zweifel daran, dass der Captain dies gut aufnehmen wird, ist er doch ein Mann von grimmigem Gemüt und äußerst aufbrausend, wenn man seine Autorität auch nur im Entferntesten infrage stellt. Nach dem Abendessen werde ich mir erlauben, ein paar Worte mit ihm zu wechseln, um das Thema anzusprechen. Ich habe schon des Öfteren festgestellt, dass er bereit ist, sich von mir etwas sagen zu lassen, was er sich vom Rest der Besatzung verbitten würde. Die Amsterdam-Insel im Nordwesten des Spitzbergen-Archipels ist auf der Steuerbordseite in Sicht – als zerklüftete Linie vulkanischen Gesteins, dazwischen weiße Gletscherzungen. Eine merkwürdige Vorstellung, dass die derzeit am wenigsten weit entfernten Orte menschlicher Zivilisation die dänischen Siedlungen im Süden Grönlands sind – gut neunhundert Meilen Luftlinie entfernt. Als Kapitän trägt man eine große Verantwortung, wenn man unter derartigen Bedingungen sein Schiff einem solchen Risiko aussetzt. Kein Walfänger ist je zu so fortgeschrittener Jahreszeit in diesen Breiten geblieben.

21:00 Uhr – Habe mit Captain Craigie gesprochen, und wenngleich ich das Resultat kaum als zufriedenstellend bezeichnen kann, überwiegt der Eindruck, dass er mir ruhig, gar respektvoll, zugehört hat. Nachdem ich geendet hatte, war sein Gesichtsausdruck so hart und entschlossen, wie es mir schon öfter an ihm aufgefallen ist, und er ging minutenlang schnellen Schrittes in der engen Kajüte hin und her. Ich fürchtete schon, ich hätte ihn ernsthaft beleidigt, doch diese Sorge nahm er mir, indem er wieder Platz nahm und mir seine Hand in einer Geste auf den Arm legte, die nahezu freundschaftlich schien. Auch der wilde Blick aus seinen dunklen Augen hatte etwas Wohlwollendes, das mich außerordentlich überraschte.

»Wissen Sie, Doktor«, sagte er, »ich bedauere es, dass ich Sie jemals an Bord gelassen habe – ja, das bedaure ich –, und ich würde fünfzig Pfund darum geben, Sie jetzt sicher am Dundee Quai stehen zu sehen. Doch diesmal heißt es bei mir auf Gedeih und Verderb. Nördlich von uns wurden Wale gesichtet. Unterstehen Sie sich, den Kopf zu schütteln, Sir, wenn ich Ihnen sage, ich selbst habe sie vom Masttop aus blasen gesehen!« Letzteres fügte er mit einem Ausbruch von Ärger hinzu, wobei ich mir keinesfalls bewusst war, dass ich Zweifel hätte erkennen lassen. »Zweiundzwanzig Fische, so wahr ich hier sitze, und keiner unter zehn Fuß.[1] Glauben Sie etwa, Doktor, ich könnte mich aus diesen Gewässern zurückziehen, wenn mich nur ein lächerlicher Streifen Eis von einem Vermögen trennt? Angenommen, der Wind dreht morgen auf Nord, können wir das Schiff vollladen und verschwinden, bevor uns der Frost erwischt. Dreht er auf Süd, ja dann … aber die Männer werden dafür bezahlt, dass sie ihre Leben riskieren, und was mich betrifft, so spielt es kaum eine Rolle. Mich hält jetzt schon mehr in der jenseitigen Welt als in der diesseitigen. Für *Sie* jedoch tut es mir aufrichtig leid. Ich wünschte, ich hätte an Ihrer Stelle den alten Angus Tait dabei. Er war jemand, den niemand vermisst hätte. Sie hingegen … Sagten Sie nicht einmal, Sie seien verlobt?«

»Ja«, antwortete ich und ließ das Schloss des Medaillons an meiner Uhrkette aufspringen, um ihm die kleine Vignette von Flora zu zeigen.

---

1 *Unter Walfängern bemisst sich ein Wal nicht nach seiner Körperlänge, sondern nach der Länge seiner Barte, also seines Oberkiefers.*

»Verflucht seien Sie!«, rief er und sprang mit vor Zorn bebendem Bart auf. »Was geht mich Ihr Glück an? Was habe ich damit zu schaffen, dass Sie eine Fotografie von ihr vor meinen Augen herumbaumeln lassen?« Ich dachte schon, er wolle mich in seiner Wut schlagen, doch dann stieß er mit einem weiteren Fluch die Tür der Kajüte auf, ließ mich äußerst befremdet über seinen plötzlichen Wutausbruch allein dort sitzen und stürmte an Deck. Es ist das erste Mal, dass er sich mir gegenüber anders verhielt als höflich und freundlich. Ich höre jetzt noch seine aufgebrachten Schritte über mir, während ich diese Zeilen schreibe.

Gern würde ich den Charakter dieses Mannes beschreiben, aber es wird mir nicht annähernd gelingen. Schon der Versuch ist vermessen, da ich selbst allenfalls eine vage, unzureichende Vorstellung von ihm habe. Einige Male hatte ich den Eindruck, ich könne mir sein Wesen erklären, doch jedes Mal führte er meine Schlussfolgerungen ad absurdum, indem er sich in einem anderen Licht zeigte. Möglicherweise wird keine Menschseele außer mir selbst diese Zeilen jemals lesen, dennoch will ich mich an einer Charakterstudie von Captain Nicholas Craigie versuchen.

Die äußere Erscheinung eines Menschen lässt üblicherweise bis zu einem gewissen Grad auf die ihm innewohnende Seele schließen. Der Captain ist hochgewachsen und kräftig gebaut, mit dunklem Haar und markanten Gesichtszügen sowie einer seltsam schwungvollen Art, sich zu bewegen, was an innerer Unruhe liegen mag oder an seiner überbordenden Energie. Seine Gesichtszüge, seine ganze Mimik sind mannhaft und entschlossen, doch das Auffallendste sind seine Augen. Von einem dunklen Braun, funkelnd und aufmerksam, mit einem Blick voller Wagemut, in den sich jedoch auch noch etwas mischt, das ich eher auf Schrecken als jegliche anderen Emotionen zurückführen würde. Generell ist Ersteres vorherrschend, aber manchmal, insbesondere dann, wenn er in Gedanken versunken ist, vertieft sich dieses Entsetzen, bis es nicht mehr nur aus seinem Blick, sondern aus seinem ganzen Ausdruck spricht. Vor allem in solchen Momenten neigt er zu Zornesausbrüchen und wie es scheint, ist ihm das auch bewusst, denn ich habe schon erlebt, dass er sich dann einschloss, damit sich ihm niemand näherte, ehe diese düsteren Anwandlungen vorüber waren. Er schläft schlecht, und ich habe ihn des Nachts schon schreien gehört. Doch da seine Kajüte ein Stück weit entfernt von meiner liegt, konnte ich nie ein Wort verstehen.

Das ist nur einer seiner Charakterzüge, und zwar der unangenehmste. Doch allein den beengten Verhältnissen, denen wir Tag für Tag ausgesetzt sind, ist es geschuldet, dass ich davon etwas mitbekomme. Ansonsten ist er eine angenehme Gesellschaft, belesen und unterhaltsam und der tapferste Seemann, der je ein Deck betreten hat. Ich werde so bald nicht vergessen, wie er das Schiff manövrierte, als wir Anfang April zwischen schwimmenden Eisbergen in einen Sturm gerieten. Nie wieder habe ich ihn so gut gelaunt, geradezu fröhlich erlebt wie in jener Nacht, als er bei Blitz und Donner und heulendem Wind auf der Kommandobrücke hin und her schritt. Er hat mir auch schon mehrmals gesagt, der Gedanke an den Tod sei ihm willkommen, was traurig ist aus dem Munde eines so jungen Mannes; er kann kaum älter als dreißig sein, obwohl sein Haar, ebenso wie sein Schnauzbart, schon von silbrigen Strähnen durchzogen ist. Offenbar lastet der Schatten großen Kummers auf ihm und seinem gesamten Leben. Würde ich meine Flora verlieren, weiß Gott, es würde mir sicherlich genauso gehen! Wäre sie nicht, würde es mich vermutlich kaum interessieren, ob der Wind morgen von Norden oder Süden weht. Jetzt höre ich ihn in seine Kajüte hinuntergehen und die Tür abschließen, was darauf hindeutet, dass er nach wie vor in ungeselliger Stimmung ist. Und nun zu Bett, würde der gute alte Samuel Pepy seinen Tagebucheintrag beschließen, denn die Kerze ist heruntergebrannt (seit es in den Nächten dunkel wird, brauchen wir wieder welche) und der Steward ist schlafen gegangen, also besteht nicht die Aussicht, dass er eine neue bringt.

12. September – Ruhige See, klarer Tag, noch immer vor Anker an derselben Stelle. Wenn Wind aufkommt, dann aus Süden, aber auch nur eine leichte Brise. Der Captain ist besserer Stimmung und hat sich beim Frühstück für sein unhöfliches Verhalten bei mir entschuldigt. Er wirkt jedoch etwas geistesabwesend und hat noch diesen wilden Blick, der bei einem Highlander auf eine ›Vorahnung‹ hindeuten würde – dies sagte mir zumindest unser Chef-Maschinist, der bei den schottischen Besatzungsmitgliedern selbst im Ruf steht, ein Hellseher zu sein und Omen zu erkennen.

Es ist erstaunlich, wie sehr sich diese hartgesottenen, praktisch orientierten Männer von Aberglauben beeinflussen lassen. Hätte ich es nicht selbst erlebt, würde ich es nicht glauben können. Auf dieser Fahrt nahm es epidemische Ausmaße an, sodass ich mich gezwungen sah, Sedativa und Nerventonika zum samstäglichen Grog zu reichen. Die ersten Symptome traten auf, kurz nachdem wir die Shetlands hinter uns gelassen hatten und die Steuermänner sagten, sie hörten Wimmern und Klagen vom Heck des Schiffes, so als würde uns etwas verfolgen, aber nicht an uns vorbeikommen. Dieses Märchen hielt sich hartnäckig die gesamte Fahrt über, und in den dunklen

Nächten während der Robbenjagd konnte man die Männer nur noch mit Mühe davon überzeugen, ihren Aufgaben nachzukommen. Mehrmals wurde ich des Nachts aus dem Bett geholt, um zu lauschen, aber ich brauche wohl kaum zu erwähnen, dass ich nichts Außergewöhnliches hörte. Zweifellos waren sie dem Knarren der Ruderketten oder dem Schrei irgendeines vorbeifliegenden Seevogels aufgesessen.

Die Männer sind allerdings dermaßen davon überzeugt, dass es sinnlos ist, sie eines Besseren zu belehren. Einmal meldete ich die Angelegenheit dem Captain, doch zu meiner Überraschung nahm er sie sehr ernst und schien selbst äußerst beunruhigt. Dabei sollte man doch meinen, immerhin er wäre über solche Schauermärchen erhaben.

Da ich mich gerade über Aberglauben ergehe, fällt mir ein, dass Mr Manson, unser Zweiter Maat, gestern Nacht einen Geist gesehen hat – oder zumindest behauptet, er habe einen gesehen, was natürlich auf das Gleiche hinausläuft. Ein neues Gesprächsthema zu haben, ist recht erfrischend, nachdem monatelang über Eisbären und Wale gesprochen wurde. Manson schwört, das Schiff werde heimgesucht und er würde keinen Tag länger an Bord bleiben, wenn er wüsste, wohin. Der Bursche hat tatsächlich richtig Angst, und ich musste ihm heute Morgen etwas Chloral und Kaliumbromid verabreichen, damit er sich beruhigte. Als ich ihn fragte, ob er am Abend ein Gläschen zu viel getrunken habe, war er empört, und ich konnte ihn nur beschwichtigen, indem ich mir so ernsthaft als möglich seine Geschichte anhörte, die er schnörkellos und sachlich erzählte.

»Ich war auf der Brücke«, sagte er, »etwa vier Glasen vor der Wachablösung, als die Nacht am dunkelsten war. Der Mond stand als Sichel am Himmel, aber immer wieder zogen Wolken daran vorbei, sodass man vom Schiff aus kaum was sehen konnte. John M'Leod, der Erste Harpunier, kam vom Focksegel nach achtern und berichtete von merkwürdigen Geräuschen am Bug auf Steuerbord. Ich ging mit nach vorn und da hörten wir es beide, manchmal wie ein weinendes Kind, manchmal wie ein kreischendes Frauenzimmer. Ich fahre seit siebzehn Jahren in diesen Gewässern zur See, und noch nie habe ich eine Robbe, egal ob jung oder alt, solche Geräusche machen gehört. Als wir da so am Focksegel standen, kam der Mond hinter einer Wolke hervor und da sahen wir beide eine weiße Gestalt, die sich über das Eis bewegte, in der Richtung, aus der die Geräusche gekommen waren. Für einen Moment verloren wir sie aus den Augen, aber plötzlich war sie wieder da, auf der Backbordseite, wie ein Schatten auf dem Eis. Ich ließ die Gewehre von achtern holen, und dann ging ich mit M'Leod raus aufs Packeis, weil wir dachten, es wäre vielleicht ein Bär. Auf dem Eis habe ich M'Leod aus den Augen verloren, aber ich bin weiter gerannt, immer in die Richtung, aus der die Geräusche kamen. Eine Meile oder so bin ich hinterhergelaufen und als ich um einen Eishügel herumkam, war sie genau vor mir, als würde sie da stehen und auf mich warten. Ich weiß nicht, was das war. Ein Eisbär jedenfalls nicht. Es war groß und weiß und aufrecht und wenn es kein Mensch war, könnte ich meine Heuer drauf wetten, dass es etwas Schlimmeres war. So schnell ich konnte, rannte ich zum Schiff zurück und war froh, als ich wieder an Bord war. Ich habe auf diesem Schiff angemustert und ich bleibe auf diesem Schiff, um meinen Dienst zu tun, aber aufs Eis geh ich nach Sonnenuntergang bestimmt nicht mehr.«

Soweit die Geschichte in seinen eigenen Worten aus meiner

Erinnerung. Ich frage mich, ob das, was er gesehen hat, nicht doch ein junger Eisbär war, der auf den Hinterbeinen ging. Das machen sie manchmal, wenn sie sich bedroht fühlen. Bei den diffusen Lichtverhältnissen könnte man einen Eisbären durchaus für eine menschliche Gestalt halten, besonders wenn die Nerven ohnehin schon blank liegen. Was auch immer es gewesen ist, für die Stimmung der Besatzung ist diese Erscheinung alles andere als förderlich. Die Gesichter sind noch finsterer als zuvor, und der Unmut tritt immer offener zutage. Der doppelte Ärger, weil die Männer von der Heringsfischerei abgehalten werden und auf einem Schiff festsitzen, das sie als ›heimgesucht‹ bezeichnen, könnte sie dazu veranlassen, etwas Unbedachtes zu tun. Selbst die Harpuniere, sonst immer die Erfahrensten und Verlässlichsten, lassen sich von der allgemeinen Aufregung anstecken.

Abgesehen von diesem irrationalen Ausbruch von Aberglauben gestaltet sich unsere Lage jedoch schon freundlicher. Das Packeis, das sich südlich von uns gebildet hatte, ist teils weggetaut, und das Wasser ist so warm, dass ich vermute, wir befinden uns in einem der Nebenarme des Golfstroms, die zwischen Grönland und Spitzbergen hinauffließen. Unzählige kleine Quallen und Meerzitronen schwimmen um das Schiff herum im Wasser und Unmengen von Shrimps, sodass die Chancen, einen »Fisch« zu sichten, tatsächlich gut stehen. Einer wurde um die Abendessenszeit schon blasen gesehen, doch so weit entfernt, dass die Beiboote unmöglich die Verfolgung hätten aufnehmen können.

13. September – Hatte eine interessante Unterhaltung auf der Brücke mit Mr Milne, dem Ersten Maat. Anscheinend ist unser Captain den Seeleuten und den Eignern des Schiffes ein ebenso großes Rätsel wie mir. Mr Milne erzählte mir, dass sobald das Schiff nach seiner Rückkehr ausbezahlt worden ist, Captain Craigie immer verschwindet und nicht mehr gesehen wird, bis er zu Beginn der nächsten Saison in das Büro der Schifffahrtsgesellschaft marschiert und fragt, ob seine Dienste verlangt werden. Er hat keine Freunde in Dundee, und niemand scheint seine Vorgeschichte zu kennen. Seine Position verdankt er allein seiner Expertise als Seemann und der Tatsache, dass er bekannt ist für seinen Mut und seine Kaltblütigkeit, was er als Maat unter Beweis stellte, bevor man ihm das Kommando über ein ganzes Schiff anvertraute. Laut einhelliger Meinung ist er kein Schotte und hat einen falschen Namen angenommen. Mr Milne glaubt, er habe sich nur aus dem einzigen Grund dem Walfang verschrieben, weil es eine der gefährlichsten Beschäftigungen überhaupt ist, und dass er eine gewisse Todessehnsucht hegt. Er schilderte einige Begebenheiten, und eine davon ist, so sie denn stimmt, in der Tat äußerst seltsam. Einmal erschien Captain Craigie zu Beginn der Saison nicht bei der Schifffahrtsgesellschaft, sodass Ersatz für ihn gefunden werden musste. Das war in der Zeit des letzten russisch-türkischen Krieges. Als der Captain im nächsten Frühjahr wieder erschien, hatte er an einer Seite seines Halses eine frisch verheilte Wunde, die er unter seiner Halsbinde zu verbergen versuchte. Ob die Schlussfolgerung des Maats, der Captain habe in diesem Krieg gekämpft, nun stimmt oder nicht, vermag ich nicht zu beurteilen. Doch ein merkwürdiger Zufall war es allemal.

Der Wind hat gedreht und weht nun aus östlicher Richtung, doch nach wie vor nur sehr schwach. Es kommt mir vor, als sei das Eis näher als gestern. So weit das Auge reicht, ist zu beiden Seiten nichts als endlos makelloses Weiß zu sehen, unterbrochen von vereinzelten Rissen oder dunklen Schatten von Eishügeln. Die schmale blaue Rinne im Süden ist unsere einzige Hoffnung, der Eiswüste zu entkommen, doch mit jedem weiteren Tag schließt sie sich ein Stück mehr. Der Captain lädt sich eine große Verantwortung auf. Wie ich gehört habe, ist der Kartoffelbehälter fast leer und selbst der Schiffszwieback wird knapp, doch er bewahrt seine stoische Haltung und verbringt die meiste Zeit des Tages im Krähennest, um mit seinem Fernglas den Horizont abzusuchen. Seine Stimmungen sind wechselhaft, und meine Gesellschaft scheint er zu meiden, doch ein Zornesausbruch wie an jenem Abend ist nicht noch einmal vorgekommen.

19:30 – Ich persönlich bin der Ansicht, wir werden von einem Wahnsinnigen befehligt. Anders kann ich mir die wechselhaften Anwandlungen von Captain Craigie nicht erklären. Es ist ein Glück, dass ich dieses Logbuch führe, denn somit haben wir eine Rechtfertigung, sollten wir ihn auf irgendeine Weise in Gewahrsam nehmen müssen, was jedoch ein Schritt ist, der nur das allerletzte Mittel sein kann. Seltsamerweise sagte er sogar selbst, hinter seinem exzentrischen Gebaren verberge sich keineswegs lediglich Überspanntheit, sondern Irrsinn. Vor etwa einer Stunde stand er auf der Brücke und sah wie üblich durch sein Fernrohr, während ich auf dem Achterdeck hin und her ging. Die Männer waren größtenteils unter Deck zum Tee, da die Wachablösung in der letzten Zeit nicht so genau genommen wird. Des Hin- und Herlaufens müde stützte ich mich auf die Reling und betrachtete die endlosen Eisflächen im matt glühenden Schimmer der untergehenden Sonne. Plötzlich schreckte mich eine raue Stimme aus meiner träumerischen Stimmung auf, und als ich mich hastig umdrehte, stand der

Captain neben mir. Er war von der Brücke heruntergekommen und starrte auf das Eis, mit einem Gesichtsausdruck, in dem Horror, Staunen und fast so etwas wie freudige Erwartung um die Oberhand rangen. Trotz der Kälte lief ihm der Schweiß in Strömen von der Stirn. Offensichtlich befand er sich in einem Zustand banger Euphorie. Seine Glieder zuckten wie bei jemandem kurz vor einem epileptischen Anfall und er hatte einen wild entschlossenen Zug um den Mund.

»Schauen Sie!«, rief er atemlos und packte mich, ohne den Blick vom Eis abzuwenden, am Handgelenk, während er den Kopf langsam entlang des Horizonts von einer Seite zur anderen bewegte, als habe er etwas erspäht, dass sich in diese Richtung über das Eis bewegte. »Schauen Sie! Da, Mann, da hinten! Zwischen den Eishügeln! Jetzt neben dem hintersten! Sie sehen sie doch – Sie *müssen* sie doch sehen! Noch hier! Mir entschwunden. Bei Gott! Entschwunden – davongeschwebt!«

Die letzten beiden Worte flüsterte er nur noch, so gequält, dass ich sie niemals vergessen werde. Dann klammerte er sich an die Takelage, um auf die Reling zu klettern und einen letzten Blick auf das zu erhaschen, was auch immer dort gerade entschwunden war. Doch ihn verließ die Kraft. Er taumelte zurück und lehnte sich vor Erschöpfung keuchend gegen die Luken der Gemeinschaftskajüte. Sein Gesicht war so aschfahl, dass ich fürchtete, er werde das Bewusstsein verlieren. Also verlor ich keine Zeit, half ihm die Stiege hinunter zur Gemeinschaftskajüte und legte ihn auf eins der Sofas. Ich schenkte ihm etwas Brandy ein, hielt ihm das Glas an die Lippen, und es zeitigte die wundersame Wirkung, dass er sogleich wieder Farbe im Gesicht bekam und seine jämmerlich zitternden Glieder stillhielten. Auf einen Ellbogen gestützt sah er sich um und vergewisserte sich, dass außer mir niemand dort war. Dann winkte er mich zu sich heran und bedeutete mir, mich neben ihn zu setzen.

»Sie haben es doch auch gesehen, oder?«, fragte er, noch immer in diesem furchtsam gedämpften Tonfall, der dem Wesen dieses Mannes so fremd schien.

»Nein, ich habe nichts gesehen.«

Sein Kopf sank zurück auf die Kissen. »Nein. Wie auch, ohne Fernglas?«, murmelte er vor sich hin. »Ohne das konnte man nichts sehen. Ich erspähte sie durch das Fernrohr, ihren liebevollen Blick – diesen liebevollen Blick. Ich sage Ihnen, Doc, lassen Sie auf keinen Fall den Steward herein! Er würde mich für verrückt halten. Verriegeln Sie die Tür, tun Sie mir den Gefallen!«

Ich stand auf und tat wie geheißen.

Eine Weile lag er still da, offenbar in Gedanken versunken, dann stützte er sich wieder auf einen Ellbogen und bat um mehr Brandy.

»Sie halten mich doch nicht auch für verrückt, Doc?«, fragte er, als ich die Flasche zurück in den Regalschrank stellte. »Sagen Sie mir von Mann zu Mann, halten Sie mich für verrückt?«

»Ich glaube, etwas lastet auf Ihrem Gemüt«, antwortete ich. »Etwas, das Sie in Aufruhr versetzt und Ihnen zu schaffen macht.«

»Richtig erkannt, mein Junge!«, rief er mit vom Brandy glasigen Augen. »Vieles lastet auf mir – vieles! Aber ich kann den Breitengrad und den Längengrad bestimmen, mit meinem Sextanten umgehen und meine Berechnungen anstellen. Man könnte mich vor Gericht nicht für verrückt erklären, oder was meinen Sie?« Mit Erstaunen hörte ich mir an, mit welch kühlem Kopf dieser Mann dort auf dem Sofa liegend die Frage erörterte, ob er zurechnungsfähig sei.

»Vermutlich nicht«, antwortete ich. »Aber dennoch bin ich der Auffassung, Sie sollten möglichst bald die Heimreise antreten und sich eine Zeit lang niederlassen, um zur Ruhe zu kommen.«

»Die Heimreise antreten, was?«, brummte er mit einem spöttischen Ausdruck im Gesicht. »Gut für mich und umso besser für Sie, mein Junge. Sich mit Ihrer Flora niederlassen – mit der hübschen, kleinen Flora. Sind Albträume ein Zeichen von Wahnsinn?«

»Manchmal«, antwortete ich.

»Was noch? Wie wären die ersten Symptome?«

»Schmerzen im Kopf, Stimmen in den Ohren, Blitze vor den Augen, Sinnestäuschungen …«

»Ah! Was hat es damit auf sich?«, unterbrach er mich.

»Eine Sinnestäuschung bedeutet, etwas zu sehen, das gar nicht vorhanden ist.«

»Aber sie *war* da«, sagte er seufzend mehr zu sich selbst. »Sie *war* da.« Er stand auf, entriegelte die Tür und ging langsam mit unsicheren Schritten zu seiner eigenen Kajüte, wo er zweifellos bis Morgen bleiben wird. Sein Kreislauf muss einen furchtbaren Schock verarbeiten, ganz gleich, was er zu sehen geglaubt hat. Dieser Mann wird mir von Tag zu Tag ein größeres Rätsel, wobei ich fürchte, seine Andeutung hinsichtlich der Beeinträchtigung seiner Sinne ist korrekt. Ich glaube allerdings nicht, dass sein Verhalten etwas mit Schuldgefühlen zu tun hat. Dieser Gedanke mag sich unter den Offizieren verbreitet haben, und bei der restlichen Besatzung, glaube ich, auch. Aber ich konnte keinerlei Anzeichen dafür erkennen. Er macht nicht den Eindruck, als hätte er an einer Schuld zu tragen, sondern den eines Mannes, dem das Schicksal übel mitgespielt hat und den man eher als Märtyrer betrachten sollte denn als Schuldigen.

Der Wind hat am Abend erneut gedreht und weht mehr und mehr aus südlicher Richtung. Gott helfe uns, wenn er die enge Passage, die für uns der einzige Weg in Sicherheit ist, blockiert! Vor Anker am Rande des arktischen Packeises, an der »Barriere«, wie es bei den Walfängern heißt, treibt Wind aus nördlicher Richtung die schwimmenden Eisberge um uns herum auseinander, sodass die rettende Passage frei bleibt, wohingegen Wind aus Süden die losen Eisberge hinter uns zwischen die beiden Eisflächen schiebt. Und ich kann es nur wiederholen: Dann helfe uns Gott!

14. September – Sonntag, Tag der Ruhe. Meine Befürchtungen haben sich bestätigt: Die dünne Rinne blauen Wassers im Süden hat sich geschlossen. Nichts als riesige, reglose Eisfelder um uns herum, mit bizarren Formen und Spitzen. Grabesstille hat sich über die endlose weiße Weite gelegt – das reinste Grauen. Kein Plätschern der Wellen, kein Schreien von Seemöwen, kein Flattern der Segel, nur absolute, allumfassende Stille, in der die gedämpften Stimmen der Seeleute und das Knarren ihrer Stiefel auf dem weiß schimmernden Deck misstönend klingen wie aus einer anderen Welt. Unser einziger Besucher war ein Polarfuchs, auf dem Packeis eine Seltenheit, an Land hingegen häufiger zu sehen. Er kam jedoch nicht nah an das Schiff heran, sondern ergriff, kaum dass er uns gesehen hatte, die Flucht zurück über das Eis. Eine sonderbare Begebenheit, da die Tiere in diesen Breiten normalerweise keinen Menschen begegnen und keine Scheu haben, sondern so neugierig sind, dass man sie leicht fangen kann. So unglaublich es scheinen mag, wirkte sich selbst dieser nebensächliche Vorfall negativ auf die Besatzung aus. »So'n kleines Tierchen weiß mehr, jawohl, und sieht mehr als wir alle Mann zusamm'n«, unkte der Haupt-Harpunier, woraufhin alle anderen zustimmend nickten. Der Versuch, dem kindischen Aberglauben etwas entgegenzuhalten, wäre sinnlos gewesen. Die Männer sind fest davon überzeugt, das Schiff sei verflucht, und lassen sich durch nichts davon abbringen.

Der Captain schottete sich den ganzen Tag lang in seiner Kajüte ab, bis auf eine halbe Stunde, als er am Nachmittag aufs Achterdeck heraufkam. Dort starrte er auf die Stelle, wo gestern die Erscheinung auftrat, und ich rechnete schon mit einer weiteren seiner Anwandlungen, aber es geschah nichts dergleichen. Er bemerkte mich gar nicht, obwohl ich dicht neben ihm stand. Die Messe wurde wie üblich vom Chef-Maschinisten gelesen. Es scheint merkwürdig, dass man auf Walfängern immer die Gebetbücher der Anglikanischen Kirche verwendet, obwohl nie Vertreter dieser Glaubensrichtung an Bord sind, weder unter den Offizieren, noch unter dem Rest der Besatzung. Unsere Seeleute sind alle Katholiken oder Presbyterianer, wobei Erstere in der Überzahl sind. Da die Rituale der Messe beiden Seiten fremd sind, kann sich keine beschweren, die andere werde bevorzugt, und alle hören aufmerksam und andächtig zu, sodass sich diese Regelung durchaus bewährt hat.

Ein großartiger Sonnenuntergang lässt die weiten Eisfelder erscheinen wie einen blutroten See. Nie zuvor habe ich einen schöneren und gleichermaßen unheimlicheren Anblick erlebt. Der Wind dreht wieder. Wenn er vierundzwanzig Stunden lang aus Norden weht, wird alles gut.

15. September – Heute ist Floras Geburtstag. Mein liebes Mädchen! Gut, dass sie ihren Jungen, wie sie mich nennt, jetzt nicht sehen kann, eingeschlossen zwischen Eisflächen mit einem wahnsinnigen Captain und Vorräten, die nur noch für wenige Wochen reichen. Zweifellos studiert sie jeden Morgen die Schiffslisten im *Scotsman*, um nachzusehen, ob wir schon von den Shetlands zurückgemeldet sind. Ich muss den Männern mit gutem Beispiel vorangehen und einen froh gelaunten, zuversichtlichen Eindruck erwecken. Doch weiß Gott, manchmal wird mir das Herz sehr schwer.

Das Thermometer steht heute auf minus sieben Grad Celsius. Es weht nur eine leichte Brise, und sie kommt aus einer ungünstigen Richtung. Der Captain ist exzellenter Laune. Vermutlich hat der arme Kerl in der Nacht eine weitere Vision gehabt, die er für ein Omen hält, denn heute kam er frühmorgens in meine Kajüte und flüsterte über meine Koje gebeugt: »Es war keine Täuschung, Doc. Es war eindeutig da.«

Nach dem Frühstück trug er mir auf, den Stand der Vorräte zu ermitteln, was ich zusammen mit dem Zweiten Maat sogleich in Angriff nahm. Es waren weniger, als wir erwartet hatten. Im Bug lagern noch eine halbe Kiste Schiffszwieback, drei Fässer Pökelfleisch und ein sehr begrenzter Vorrat an Kaffeebohnen und Zucker. In den Schränken und Spinden achtern sind noch eine Menge Delikatessen, wie Konservenbüchsen mit Lachs, Suppen, Hammelfleisch mit grünen Bohnen und so weiter, doch bei einer Besatzung von fünfzig Mann wird das nicht lange reichen. Im Lagerraum sind noch zwei Fässer Mehl und ein unbegrenzter Vorrat an Tabak. Alles zusammengenommen reicht es für achtzehn bis zwanzig Tage, wenn man die Männer auf halbe Rationen setzt, aber sicher nicht länger. Als wir dem Captain Bericht erstatteten, ließ er die gesamte Besatzung auf dem Achterdeck zusammenrufen, um persönlich ein paar

Worte an sie zu richten. Mit seiner hochgewachsenen, imposanten Statur und den lebhaften dunklen Augen schien er wie geschaffen zum Kommandieren und schilderte die Sachlage auf schnörkellose Seemannsart, was erkennen ließ, dass er, so viel er selbst gefährlichen Situationen auch abgewinnen mochte, dennoch sämtliche Auswege im Blick behielt.

»Meine Jungs«, sagte er, »zweifellos denkt ihr, ich habe euch in diese missliche Lage gebracht, wenn es überhaupt eine missliche Lage ist, und vielleicht hegen einige von euch deswegen einen bitteren Groll gegen mich. Aber ihr dürft nicht vergessen, dass in vielen Jahren kein Schiff so viel Geld mit dem Öl der Wale eingebracht hat wie die gute alte Pole Star und dass jeder einzelne von euch daran teilhatte. Ihr braucht euch keine Gedanken darüber zu machen, ob eure Frauen gut versorgt sind, während ihr auf See seid, wohingegen manch andere arme Tröpfe bei ihrer Rückkehr feststellen müssen, dass ihre Frauen von der Fürsorge leben. Wenn man eines hinnimmt, muss man auch alles andere hinnehmen, dementsprechend sind wir quitt. Wir sind schon manch riskantes Wagnis eingegangen und haben es gemeistert. Sollte es uns diesmal nicht gelingen, besteht jedoch kein Grund, zu lamentieren. Wenn es hart auf hart kommt, müssen wir, um an Land zu kommen, das Eis überqueren und uns einen Vorrat aus Robbenfleisch anlegen, der uns bis zum Frühling am Leben hält. Doch so hart wird es nicht kommen. Denn in weniger als drei Wochen werdet ihr die schottische Küste in Sicht kommen sehen. Gegenwärtig müsst ihr euch mit halben Rationen begnügen, und das gilt ausnahmslos für alle. Bewahrt euch den Mut im Herzen, dann werdet ihr diese gefährliche Lage ebenso überstehen wie die vorherigen.«

Seine einfachen Worte hatten auf die Besatzung eine erstaunliche Wirkung. Jeglicher Unmut war sogleich vergessen. Der alte Harpunier, den ich wegen seines Aberglaubens bereits erwähnte, stimmte ein dreifaches Hurra an, in das alle anderen mit einfielen.

16. September – Der Wind hat in der Nacht auf Nord gedreht und das Eis zeigt Anzeichen, auseinander zu driften. Die Männer sind guter Stimmung, trotz der Kürzung der Rationen. Die Kessel im Maschinenraum bleiben angeheizt, damit wir keine Zeit verlieren, wenn sich die Gelegenheit ergibt, die Passage zu durchfahren. Der Captain ist außerordentlich aufgekratzt, obwohl er noch immer den wilden »seherischen« Ausdruck hat, den ich eingangs bereits beschrieb. Dieser Ausbruch von guter Laune verwundert mich mehr als seine vorherige düstere Stimmung. Denn ich verstehe ihn nicht. An früherer Stelle meines Logbuchs erwähnte ich, soweit ich mich erinnere, dass er niemals jemanden in seine Kajüte lässt. Er besteht darauf, selbst sein Bett zu machen und Ordnung zu halten. Zu meiner Überraschung gab er mir heute Mittag seinen Schlüssel und bat mich, die Zeit auf seinem Chronometer abzulesen, während er den Höchststand der Sonne bestimmte. Seine Kajüte ist ein einfacher, kleiner Raum mit einem Waschtisch und ein paar Büchern, recht schmucklos, bis auf ein paar Bilder an den Wänden, die meisten davon kleine, billige Öldrucke. Doch ein Aquarell weckte meine Aufmerksamkeit: das Portrait einer jungen Dame. Es entsprach nicht den gängigen Vorstellungen weiblicher Schönheit auf den Bildern, die Seeleute sich sonst in ihre Kajüten hängen. Kein Künstler hätte sich die eigenwillige Mischung aus Charakterstärke und -schwäche einfallen lassen können. Die verträumten Augen mit den schweren Lidern und die glatte Stirn, ungekräuselt von Denk- oder Sorgenfalten, standen in krassem Widerspruch zu der scharf geschnittenen Mundpartie mit der energischen Unterlippe. In einer der unteren Ecken stand geschrieben: »M. B. æt. 19.« Dass jemandem im Alter von zarten neunzehn Jahren eine derartige Willensstärke ins Gesicht geschrieben steht, schien mir geradezu unvorstellbar. Sie musste eine außergewöhnliche Frau sein. Obwohl ich sie nur kurz betrachtete, prägten sich mir ihre Gesichtszüge so deutlich ein, dass ich sie, verfügte ich über die nötige Fertigkeit, aus dem Gedächtnis auf dieser Seite meines Logbuchs würde nachzeichnen können. Ich frage mich, welche Rolle sie im Leben des Captain gespielt hat. Er hat ihr Bildnis ans Fußende seiner Koje gehängt, sodass er es immer sehen kann. Wäre er nicht so verschlossen, würde ich ihn darauf ansprechen.

Ansonsten befand sich in der Kajüte nichts weiter Erwähnenswertes – Uniformjacken, ein Klappstuhl, ein kleines Fernglas, eine Tabakdose und diverse Pfeifen – darunter eine Hookah, die nebenbei bemerkt der Geschichte von Mr Milne, der Captain sei im russisch-türkischen Krieg gewesen, Glaubhaftigkeit verleiht, obwohl diese Schlussfolgerung weit hergeholt sein mag.

23:20 – Der Captain ist gerade zu Bett gegangen, nachdem wir uns über verschiedene Themen angeregt unterhalten haben. Wenn er will, kann er ein äußerst beeindruckender Gesprächspartner sein, mit seiner Belesenheit und der Gabe, seine Ansicht unmissverständlich klarzumachen, ohne dabei belehrend zu wirken. Wenn auch ungern, muss ich zugeben, dass ich mich intellektuell in die Schranken gewiesen fühle. Er sprach über die Natur der Seele und umriss meisterhaft die Ausführungen von Aristoteles und Platon zu diesem Thema. Er scheint eine Neigung zur Theorie der Seelenwanderung und den Lehren des Pythagoras zu haben. Als wir darüber diskutierten, kamen wir auch auf den modernen Spiritismus zu sprechen, und ich machte eine scherzhafte Anspielung auf den amerikanischen Scharlatan Henry Slade, woraufhin er mich zu meiner Überraschung darauf hinwies, nicht die Unschuldigen mit den Schuldigen zu verwechseln, und das Argument vorbrachte, ebenso logisch wäre es, das gesamte Christentum als fehlgeleitet zu bezeichnen, da Judas, einer der Begründer dieser Religion, ein Schurke sei. Kurz darauf wünschte er mir eine gute Nacht und zog sich zurück in seine Kajüte.

Der Wind frischt auf und weht stetig aus Norden. Die Nächte sind nun so dunkel wie in England. Ich hoffe, morgen können wir uns aus dieser eisigen Umklammerung befreien.

17. September – Wieder einmal der Spuk. Dem Himmel sei Dank, dass ich starke Nerven habe! Der Aberglaube dieser gebeutelten Männer und alles, was sie absolut ernsthaft in voller Überzeugung erzählen, würde jeden, der sich nicht schon daran gewöhnt hat, in Angst und Schrecken versetzen. Es kursieren verschiedene Versionen dieser neuerlichen Geschichte, doch *summa summarum* laufen alle darauf hinaus, dass letzte Nacht etwas Unheimliches um das Schiff herumschwebte und dass Sandie M'Donald aus Peterhead und der »lange« Peter Williamson von den Shetlands es gesehen haben, ebenso wie Mr Milne. Damit sind es nun drei Zeugen, die natürlich glaubwürdiger scheinen, als der Zweite Maat allein. Nach dem Frühstück sprach ich mit Mr Milne und sagte ihm, er müsse doch über solchen Unsinn erhaben sein und als Offizier vor seinen Männern ein besseres Vorbild abgeben. Er schüttelte den Kopf mit seinem wettergegerbten Gesicht und antwortete mit der ihm eigenen Zurückhaltung. »Kann sein, kann nicht sein, Doktor«, sagte er. »Hab ja nix von einem Geist gesagt. Ich glaub auch nicht an See-Ungeheuer und so, obwohl ich einen kenne, der sagt, er hat mal eins gesehen. Ich bin nicht schreckhaft, aber v'leicht würd auch Ihnen das Blut innen Adern gefriern, Mann, wenn Sie nich nur bei Tag drüber spekuliern würden, sondern letzte Nacht neben mir gestanden und die schreckliche Gestalt gesehn hätten, weiß und graunvoll im Dunkeln, mal hier, mal da, und immer am Heulen wien Lämmchen, das seine Mutter verlorn hat. Dann würden Sie, glaub ich, nich so einfach sagen, ist nur ne Altweibergeschichte.«

Ich sah ein, dass es nicht möglich war, vernünftig mit ihm darüber zu sprechen, und bat ihn, mich beim nächsten Mal, wenn diese Erscheinung auftrat, zu wecken – woraufhin er mit immer neuen Ausrufen bekundete, er hoffe, dass ein nächstes Mal niemals eintreten möge.

Wie ich gehofft hatte, bekommt die Eiswüste Risse und wird in alle Richtungen von Wasseradern durchzogen. Wir liegen auf der Breite von 80 ° 52' N, was beweist, dass das Packeis stark nach Süden driftet. Wenn der Wind weiterhin günstig weht, wird die Rinne so schnell aufbrechen, wie sie blockiert wurde. Gegenwärtig können wir nichts weiter tun als zu rauchen und abzuwarten und das Beste zu hoffen. Ich bin binnen Kurzem zum Fatalisten geworden. Wenn man von so unsicheren Faktoren abhängig ist wie Wind und Eis, bleibt einem wohl auch nichts anderes übrig. Vielleicht ist das auch die Erklärung dafür, dass die ursprünglichen Anhänger Mohammeds sich in den arabischen Wüsten nach Osten verneigen.

Die Spukgeschichten haben eine fatale Wirkung auf den Captain. Ich fürchtete bereits, bei seinem labilen Gemüt würde ihn die neuerliche Geschichte zu sehr aus der Fassung bringen, und beschloss, ihm nichts davon zu erzählen. Doch unglücklicherweise bekam er mit, wie einer der Männer eine Anspielung darauf machte, und bestand darauf, informiert zu werden. Wie ich befürchtet hatte, brach sich seine latente Wahnhaftigkeit umso heftiger Bahn. Ich kann kaum glauben, dass er derselbe Mann ist, der mich mit seinem Scharfsinn und Urteilsvermögen beeindruckte, als wir gestern Abend über Philosophie diskutierten. Jetzt läuft er auf dem Achterdeck wie ein Tiger im Käfig hin und her, bleibt dann und wann stehen, um verzweifelt die Hände zu ringen und ungeduldig auf das Eis zu starren. Währenddessen murmelt er vor sich hin, und einmal rief er: »Noch etwas Zeit, Liebes – nur noch etwas Zeit!« Der arme Kerl! Es ist tragisch, mitanzusehen wie ein so tapferer Seemann und vollendeter Gentleman den Verstand verliert und was Fantastereien und Wahnvorstellungen bei jemandem anrichten können, für den echte Gefahr ein Lebenselixier ist. War jemals jemand in einer solchen Situation wie ich, mit einem wahnsinnigen Captain und einem Maat, der Geister sieht? Manchmal glaube ich, ich bin der Einzige noch Vernünftige auf diesem Schiff – abgesehen vielleicht von unserem Zweiten Maschinisten, der so abgeklärt ist, dass er sich nicht einmal aus der Fassung bringen lassen würde, wenn sämtliche Feinde aus dem Roten Meer uns belagerten, solange sie ihn in Ruhe ließen und sein Werkzeug nicht durcheinander brächten.

Die Passage im Eis öffnet sich immer schneller, und die Chancen stehen sehr gut, dass wir sie morgen durchfahren können. Wenn ich zu Hause erzähle, was ich alles erlebt habe, werden die Leute denken, ich hätte es erfunden.

24:00 Uhr – Ich bin ziemlich in Aufruhr, wenngleich ich mich dank eines großen Glases Brandy schon etwas beruhigt habe.

Dennoch bin ich kaum noch ich selbst, wie meine Handschrift vermutlich bezeugt. Ich habe nämlich etwas außerordentlich Merkwürdiges erlebt und bekomme allmählich Zweifel daran, dass es gerechtfertigt war, alle an Bord als Verrückte abzustempeln, weil sie Dinge sahen, die meines Erachtens nach nicht möglich waren. Pah! Ich werde mich doch von einer solchen Lappalie nicht auch verrückt machen lassen! Trotzdem gewinnt dieses Erlebnis bei der ohnehin schon herrschenden Aufregung an Bedeutung, denn ich kann weder Mr Mansons Geschichte, noch die des Maats weiterhin bezweifeln, nachdem ich nun selbst etwas erlebt habe, das ich zuvor spöttisch abgetan hätte.

Immerhin war es nichts Alarmierendes – nur ein Geräusch, weiter nichts. Ich kann auch nicht erwarten, dass jemand, der diese Zeilen liest – wenn sie überhaupt jemand liest –, Verständnis für meinen inneren Aufruhr aufbringt oder gar versteht, welche Wirkung dieses Geräusch in dem Moment auf mich hatte. Es war nach dem Abendessen und ich war an Deck gegangen, um vor dem Zubettgehen noch in Ruhe eine Pfeife zu rauchen. Die Nacht war sehr dunkel – so dunkel, dass ich, als ich unter dem Beiboot auf dem Achterdeck stand, den Offizier auf der Brücke nicht sehen konnte. Die in diesen Eismeeren herrschende außerordentliche Stille hatte ich, soweit ich mich erinnere, bereits erwähnt. In anderen Teilen der Welt, mögen sie auch noch so abgeschieden sein, liegt immer ein leichtes Vibrieren in der Luft – ein leises Summen, sei es von entfernter menschlicher Zivilisation, vom Rauschen der Blätter an den Bäumen, dem Flügelschlagen der Vögel oder vom leichten Wehen des Grases auf dem Boden. Man nimmt es vielleicht nicht bewusst wahr, aber man merkt, wenn es fehlt. Nur hier im Polarmeer liegt über allem eine absolute, allumfassende Stille, die bedrückend sein kann, sodass das Trommelfell jeden kaum merklichen Klang einzufangen versucht und bei jedem zufälligen Geräusch des Schiffes verweilt. In diesem Zustand lehnte ich an der Reling, als sich aus dem Eis fast genau unter mir ein spitzer, schriller Schrei in die Stille der Nacht erhob, so hochtönend, wie nicht einmal eine Primadonna es vermocht hätte, und stetig ansteigend, bis er in einem langen Klagelaut gipfelte, als wäre es das letzte Aufbäumen einer verlorenen Seele. Noch immer klingt mir dieser grausige Schrei in den Ohren. Trauer, unsägliche Trauer lag darin, und unendliche Sehnsucht, bisweilen auch ein wilder, jauchzender Unterton. Dicht neben mir schrillte dieser Klagelaut auf, doch konnte ich nichts Außergewöhnliches erkennen, als ich in die Dunkelheit spähte. Ich wartete einen Moment, und als es sich nicht wiederholte, kehrte ich erschrockener denn je zuvor in meinem Leben zurück unter Deck. Als ich die Stiege hinunterging, kam mir Mr Milne zur Wachablösung entgegen.

»So, Doktor«, sagte er, »war das v'leicht auch nur ein Altweibermärchen? Habn Sie das Gekreische nich gehört? War das v'leicht auch nur Aberglaube? Was sagen Sie nun?«

Ich konnte mich nur bei dem aufrichtigen Burschen entschuldigen und zugeben, dass ich ebenso verwirrt war wie er. Morgen sieht vielleicht schon alles anders aus. Im Moment wage ich jedoch kaum aufzuschreiben, was mir durch den Kopf geht. Wenn ich es nach ein paar Tagen mit etwas Abstand noch einmal lesen würde, könnte ich mich sonst nur für meine Schwäche schelten.

18. September – Schlaflose, unruhige Nacht durchlebt, verfolgt von diesem verstörenden Geräusch. Der Captain macht auch nicht den Eindruck, als hätte er viel Schlaf bekommen, sein Gesicht ist eingefallen, seine Augen sind blutunterlaufen. Ich habe ihm noch nicht von meinem nächtlichen Abenteuer erzählt, und das werde ich auch nicht. Er ist so schon ruhelos und gereizt, steht auf, setzt sich wieder, offenbar unfähig, sich zusammenzureißen.

Eine schmale Rinne zeigte sich heute Morgen in dem Eis, wie ich es erwartet hatte. Wir konnten den Eisanker lichten und haben dampfbetrieben zwölf Meilen mit Kurs West-Südwest zurückgelegt. Dann wurden wir von einer Eisscholle aufgehalten. Sie ist so groß wie die, die wir hinter uns gelassen haben und versperrt uns vollständig den Weg, sodass wir erneut nur ankern und abwarten können, bis sie aufbricht, was vermutlich innerhalb von vierundzwanzig Stunden geschieht, wenn der Wind weiter aus derselben Richtung weht. Ein paar dicknasige Robben schwammen im Wasser, und eine wurde abgeschossen, ein riesiger Brocken, mehr als elf Fuß lang. Diese Robben sind kämpferische, streitlustige Tiere und, wie es heißt, sogar für Eisbären eine Herausforderung. Glücklicherweise bewegen sie sich auf dem Eis langsam und unbeholfen, sodass die Jagd dort nicht allzu gefährlich ist.

Der Captain scheint allerdings nicht der Ansicht zu sein, dass wir den größten Ärger nun hinter uns haben, wobei ich nicht verstehen kann, warum er unsere Lage weiterhin so düster beurteilt, zumal alle anderen der Auffassung sind, dass wir auf wundersame Weise entkommen sind und bald die offene See erreichen werden.

»Sie glauben vermutlich, nun ist alles überstanden, Doktor«, sagte der Captain, als wir nach dem Abendessen noch beisammensaßen.

»Das will ich doch hoffen«, antwortete ich.

»Wir dürfen uns nicht zu sicher sein – doch zweifellos werden Sie recht behalten. Bald werden wir alle in die Arme schließen, was uns lieb und teuer ist, nicht wahr? Aber wir dürfen uns nicht zu sicher sein – wir dürfen uns nicht zu sicher sein.«

Schweigend saß er eine Weile da und ließ gedankenverloren eins seiner Beine vor- und zurückschwingen. »Wissen Sie«, fuhr er fort, »das hier ist ein gefährlicher Ort, selbst bei günstigen Bedingen, ein gefährlicher, trügerischer Ort. Ich kannte Seeleute, die in einem Gebiet wie diesem plötzlich abgeschnitten wurden. Manchmal reicht ein Rutsch – nur ein einziger Rutsch, dann versinkt man in dem Spalt und dort, wo man sank, bleibt nur eine Blase auf dem grünen Wasser zurück. Sonderbar«, sprach er mit einem nervösen Lachen weiter, »in all den Jahren, die ich diese Gewässer bereise, bin ich nie auf den Gedanken gekommen, ein Testament zu machen. Nicht, dass ich etwas Besonderes zu vererben hätte, aber wenn man sich in solche Gefahr begibt, sollte man alles geregelt haben, finden Sie nicht?«

»Selbstverständlich«, antwortete ich und fragte mich, worauf in aller Welt er hinauswollte.

»Es ist beruhigend zu wissen, dass alles geregelt ist«, fuhr er fort. »Sollte mir jemals etwas geschehen, so hoffe ich, Sie sorgen dafür, dass alles seine Richtigkeit hat. In meiner Kajüte ist nicht viel zu finden, doch ich möchte, dass meine dort befindlichen Besitztümer verkauft werden und der Erlös zu gleichen Anteilen wie der Gewinn aus dem Walöl unter der Besatzung aufgeteilt wird. Das Chronometer sollen Sie als kleine Erinnerung an unsere gemeinsame Fahrt behalten. Natürlich handelt es sich lediglich um eine Vorsichtsmaßnahme, doch ich wollte die Gelegenheit nutzen, um mit Ihnen darüber zu sprechen. Ich kann mich doch, wenn die Notwendigkeit besteht, auf Sie verlassen?«

»Aber gewiss«, antwortete ich. »Und da Sie diesen Schritt unternehmen, will auch ich ...«

»Sie? Sie doch nicht!«, unterbrach er mich. »*Sie* brauchen das nicht! Was zum Teufel ist denn los mit *Ihnen*? Ich will nichts dagegen sagen, aber von einem so jungen Burschen, dessen Leben gerade erst begonnen hat, will ich nicht hören, dass er sich bereits mit dem Tod befasst. Gehen Sie hinauf an Deck und schnappen Sie frische Luft, anstatt hier unten herumzusitzen und solchen Unsinn zu reden, und dann ermutigen Sie mich, das Gleiche zu tun.«

Je mehr ich über diese Unterhaltung nachdenke, desto weniger gefällt sie mir. Warum sollte dieser Mann seine Angelegenheiten regeln wollen, nachdem wir uns gerade erst aus einer Gefahrensituation befreit haben? Ich erinnere mich, dass er sich letzthin mit tiefer Ehrfurcht zu solch einer Freveltat wie der Selbstzerstörung äußerte. Ich sollte ihn im Auge behalten, wobei ich natürlich nicht in seine Privatsphäre eindringen kann. Also werde ich zumindest so lange an Deck bleiben, wie auch er dort oben ist.

Mr Milne tut meine Befürchtungen ab nach dem Motto: »wieder einmal typisch unser Skipper«. Er selbst betrachtet unsere Aussichten als absolut rosig. Seiner Einschätzung nach müssten wir übermorgen das Eis hinter uns gelassen haben, zwei weitere Tage später den Jan-Mayen-Rücken passieren, und in knapp einer Woche sollten die Shetlands in Sicht kommen. Hoffentlich ist er nicht zu optimistisch. Es kann durchaus sein, dass er der düsteren Vorahnung unseres Captain etwas entgegensetzen will, denn er ist ein erfahrener, alter Seebär und ehe er etwas sagt, wägt er seine Worte stets genau ab.

***

Die lange drohende Katastrophe ist schließlich eingetreten. Ich weiß kaum, wie ich es in Worte fassen soll. Der Captain ist verschwunden. Noch besteht die Möglichkeit, dass er lebendig zu uns zurückkehrt, doch ich befürchte das Schlimmste – das Allerschlimmste. Mittlerweile ist es sieben Uhr am Morgen des 19. September. Ich habe die ganze Nacht damit verbracht, mit einer Gruppe Seemänner die große Eisscholle vor uns zu durchkämmen, in der Hoffnung, eine Spur von ihm zu finden, aber vergebens. Im Folgenden werde ich versuchen, die Umstände zu schildern, die zu seinem Verschwinden führten. Sollten diese Worte jemals gelesen werden, möge man sich vergegenwärtigen, dass ich mich dabei weder auf Vermutungen noch auf Hörensagen berufe, sondern wahrheitsgetreu beschreibe, was sich vor meinen eigenen Augen zugetragen hat. Mancher Mutmaßungen mag ich mich nicht erwehren können, doch für die Fakten verbürge ich mich.

Nach besagtem Gespräch, das ich weiter oben wiedergegeben habe, war der Captain weiterhin exzellenter Stimmung. Er schien jedoch nervös und ruhelos, konnte kaum stillsitzen und bewegte seine Beine in seiner typischen ungelenken Art. Innerhalb einer Viertelstunde ging er sieben Mal an Deck, nur um nach ein paar hastigen Schritten wieder herunterzukommen. Ich folgte ihm jedes Mal, denn er hatte einen Ausdruck im Gesicht, der mich in meinem Vorsatz bestärkte, ihn nicht aus den Augen zu lassen. Anscheinend bemerkte er, was für einen Ein-

druck seine Rastlosigkeit machte, denn er gab sich alle Mühe, mir meine Bedenken durch übertriebene Heiterkeit und lautes Lachen über die geringsten Scherze zu nehmen.

Nach dem Abendessen ging er noch einmal hinauf auf das obere Achterdeck, und auch dorthin folgte ich ihm. Die Nacht war dunkel, und es herrschte absolute Stille, bis auf das melancholische Säuseln des Windes in den Sparren. Eine dichte Wolke zog aus Nordwesten auf und ihre zerfaserten Vorboten verdeckten teilweise den Mond, der nur dann und wann durch die Wolkenfäden schien. Schnellen Schrittes ging der Captain hin und her, und als er sah, dass ich ihn nach wie vor im Auge behielt, kam er zu mir herüber und legte mir nahe, unter Deck zu gehen – was mich, wie ich wohl kaum erwähnen muss, darin bestärkte, es nicht zu tun.

Irgendwann vergaß er wohl meine Anwesenheit, denn er stand reglos über die Heckreling gebeugt und spähte hinaus auf die weite Schneewüste, die teils im Dunkeln lag, teils mystisch im Mondlicht schimmerte. Mehrere Male konnte ich an seinen Bewegungen erkennen, dass er auf seine Taschenuhr blickte, und einmal murmelte er ein paar Worte, von denen ich jedoch nur eines verstand: »bereit.« Ich muss gestehen, dass mich ein unheimliches Gefühl überkam, als ich seine hochgewachsene Gestalt in der Dunkelheit aufragen sah. Er kam mir vor wie ein Mann, der auf jemanden wartet. Aber auf wen? Eine vage Ahnung beschlich mich, als ich es mir anhand dessen, was ich über ihn wusste, Stück für Stück zusammenreimte. Dennoch war ich vollkommen unvorbereitet auf das, was dann geschah.

An seiner plötzlich angespannten Haltung merkte ich, dass er etwas gesehen hatte. Ich schlich mich hinter ihn. Er starrte angestrengt auf eine Art Nebelwolke, die an der Seite des Schiffes vorüberzog. Ein schwach erkennbarer, formlos schimmernder Schatten, der mal mehr, mal weniger sichtbar war, je nachdem, wie das Mondlicht darauf schien. Der Mond war umhüllt von Wolkenfäden wie eine See-Anemone von feinen Tentakeln und verbreitete in dem Moment nur gedämpftes Licht.

»Bereit, Mädchen, bin bereit«, rief der Skipper voller Zuneigung und Zärtlichkeit, als wolle er eine Geliebte mit einer lang ersehnten Gunstbekundung besänftigen und ebenso gern eine solche entgegennehmen.

Was folgte, geschah in einem einzigen Augenblick. Ich besaß nicht die Geistesgegenwart, zu reagieren. Mit einem Satz sprang er auf die Reling und mit einem weiteren auf das Eis, fast genau vor der mystischen Erscheinung. Er streckte die Arme aus, als wolle er nach ihr greifen, und so rannte er hinein in die Dunkelheit, mit ausgebreiteten Armen und liebevollen Worten. Ich stand starr und reglos da, strengte meine Augen an, um ihn in der Dunkelheit noch erkennen zu können, bis seine Stimme in der Ferne verhallte. Ich hatte nicht erwartet, ihn noch einmal zu erspähen, doch in einem Moment schien der Mond durch ein wolkenloses Stück Himmel und tauchte die weite Eisfläche in Licht. Da sah ich in sehr weiter Entfernung die dunkle Gestalt des Captain, als er mit ungeheurer Geschwindigkeit über die gefrorene Fläche lief. Das war das Letzte, was ich von ihm sah – vielleicht das Letzte, was jemals von ihm gesehen ward. Ein Suchtrupp wurde zusammengestellt und folgte ihm, und ich kam mit. Doch die Mühe wurde nicht belohnt, denn wir fanden nichts. In ein paar Stunden wird sich ein weiterer Trupp auf die Suche machen. Ich kann noch immer kaum glauben, dass ich nicht bald aus einem furchtbaren Albtraum erwache, während ich diese Zeilen schreibe.

19:30 – Gerade erst todmüde und vollkommen zerschlagen von der zweiten erfolglosen Suche nach dem Captain zurückgekommen. Die Eisscholle erstreckt sich in enorme Weiten; obwohl wir sie mindestens zwanzig Meilen weit durchquert haben, war kein Ende zu erkennen. Der Frost war in der Nacht zuvor so streng, dass die Schneedecke so hart gefroren ist wie Granit, sonst hätte es zumindest Fußspuren gegeben, denen wir hätten folgen können. Die Mannschaft will, dass wir ablegen und dampfbetrieben die Scholle in Richtung Süden umrunden, da sich die Passage in der Nacht weiter geöffnet hat und man am Horizont schon die offene See sieht. Die Männer sind der Ansicht, der Captain sei sicher tot, und wir alle würden sinnlos unsere Leben riskieren, wenn wir noch länger blieben, anstatt die Chance zu nutzen. Mr Milne und ich konnten sie nur mit größter Mühe überreden, noch bis morgen Abend zu warten, und wir mussten ihnen versprechen, dass wir unter keinen Umständen unsere Fahrt noch länger verzögern. Deshalb werden wir nach ein paar Stunden Schlaf zu einer letzten Suche aufbrechen.

20. September, abends – Heute Morgen habe ich mit einer Gruppe Männer abermals die Eisfläche durchquert, um den südlichen Teil abzusuchen. Mr Milne machte sich auf den Weg in Richtung Norden. Zehn bis zwölf Meilen sind wir vorgestoßen, ohne die Spur eines Lebewesens zu finden, bis auf einen Vogel, der hoch über unseren Köpfen flatterte; seiner Art zu fliegen nach zu urteilen, ein Falke. Der südliche Ausläufer der Eisfläche verjüngte sich zu einer langen, schmalen Spitze, die ins Meer hineinragte. Als wir am Ansatz dieser Eiszunge ankamen, blieben die Männer stehen, doch ich bekniete sie, bis ans Ende der Spitze zu gehen, um sicher zu sein, dass wir getan hatten, was wir konnten.

Kaum waren wir hundert Yards gegangen, rief M'Donald aus Peterhead, ein Stück weiter vor uns sei etwas zu sehen, und rannte los. Auch wir anderen sahen, dass dort etwas war, und liefen hinterher. Zunächst waren nur dunkle Umrisse auf der weißen Eisfläche zu erkennen, doch als wir darauf zu rannten, erkannten wir die Gestalt eines Mannes, der sich schließlich als jener Mann erwies, den wir suchten. Er lag mit dem Gesicht nach unten auf der gefrorenen Schneedecke. Lauter kleine Eiskristalle und Schneefedern waren auf ihn geweht und glitzerten auf seiner dunklen Seemannsjacke. Als wir näherkamen, wurden die winzigen Flocken von einer Windböe erfasst und wirbelten durch die Luft. Sie senkten sich wieder, wehten in dem Strudel abermals auf, und dann schossen sie in Richtung der See davon. Ich hielt es für eine Schneewehe, doch viele meiner Begleiter behaupteten, es seien die Konturen einer Frau gewesen, die sich über den Leichnam gebeugt und ihn geküsst habe, und dann davongeeilt sei. Wenn ich eine Erkenntnis gewonnen habe, dann die, dass man sich niemals über eine andere Ansicht lustig machen sollte, auch wenn sie noch so sonderbar scheint. Sicher ist, dass Captain Craigie keinen schmerzhaften Tod erlitten hatte, denn auf seinen blaugefrorenen Lippen lag ein seliges Lächeln und seine Arme waren noch immer ausgebreitet, als wolle er die seltsame Besucherin, die ihn in die mysteriöse Welt jenseits des Grabes geführt hatte, festhalten.

Wir bestatteten ihn noch am selben Nachmittag, mit den Insignien des Schiffes am Körper und einer zweiunddreißig Pfund schweren Kanonenkugel an seinen Füßen. Ich hielt die Trauerrede, während die hartgesottenen Seemänner weinten wie Kinder, denn viele von ihnen hatten ihm eine Menge zu verdanken und erwiesen ihm erst jetzt die Anerkennung, die ihm wegen seines seltsamen Verhaltens zu Lebzeiten versagt geblieben war. Mit einem gedämpften, dumpfen Platschen rutschte er von der Rampe. Ich starrte in das grüne Wasser und sah ihn sinken und sinken und sinken, bis er nur noch ein schimmernder kleiner weißer Fleck am Rande der ewigen Dunkelheit war. Dann verblasste auch dieser und verschwand. Dort soll er nun ruhen, mit seinen Geheimnissen, seinen Sorgen, seinen Mysterien, die noch immer in seiner Brust begraben liegen, bis der große Tag kommt, an dem die See ihre Toten freigibt und Nicholas Craigie aus dem Eis auferstehen wird, mit einem Lächeln auf den Lippen und ausgebreiteten Armen. Ich bete für ihn, dass sein Schicksal in jener Welt ein glücklicheres sein möge, als es in dieser gewesen ist.

Ich werde mein Logbuch nicht fortführen. Der Weg nach Hause liegt frei und offen vor uns, und die endlose Eiswüste wird bald nur noch eine Erinnerung sein. Es wird einige Zeit vergehen müssen, bis ich über die Schrecken der jüngsten Ereignisse hinwegkomme. Als ich die Aufzeichnungen unserer Reise begann, hätte ich mir niemals vorstellen können, wie ich sie beenden würde. Ich schreibe diese letzten Zeilen in meiner einsamen Kajüte, und manchmal horche ich auf, weil ich mir einbilde, auf dem Deck über mir die Schritte eines Toten zu hören. Heute Abend ging ich in seine Kajüte, um mein Versprechen einzulösen und eine Liste seiner Besitztümer zu erstellen, damit sie im offiziellen Logbuch vermerkt werden können. Alles war noch an Ort und Stelle, wo ich es beim letzten Mal gesehen hatte. Nur das Bild, das über dem Fußende seines Bettes gehangen hatte, war aus dem Rahmen geschnitten worden und verschwunden. Mit diesem letzten Glied einer Kette sonderbarer Ereignisse beschließe ich nun meinen Bericht über die Fahrt der *Pole Star*.

[Anmerkung von Dr. John M'Alister, Senior]

Ich habe die Aufzeichnungen meines Sohnes über die merkwürdigen Ereignisse im Zusammenhang mit dem Tod des Captain der Pole Star gelesen. Daran, dass sie sich exakt so zugetragen haben, wie mein Sohn sie in seinem Logbuch beschreibt, hege ich nicht den geringsten Zweifel. Ich bin sogar absolut davon überzeugt, denn ich kenne ihn als nervenstarken, rational denkenden Menschen, der sich der Wahrhaftigkeit verpflichtet fühlt. Dennoch erschienen mir die Ereignisse derart ungewöhnlich und unerklärlich, dass ich zunächst gegen ihre Veröffentlichung war. Vor ein paar Tagen habe ich jedoch von unabhängiger Stelle Zeugnis über etwas erhalten, was sie umso einleuchtender erscheinen lässt. Ich war nach Edinburgh gereist, um an einem Treffen der British Medical Association teilzunehmen, wo ich Dr. P- begegnete, einem ehemaligen Kommilitonen, der in Saltash, Devonshire, praktiziert. Als ich ihm von den Erlebnissen meines Sohnes erzählte, sagte er, dass er den Captain gekannt habe, und ich war ein wenig erstaunt darüber, wie genau seine Beschreibung des Mannes mit der meines Sohnes übereinstimmte – außer der Tatsache, dass Dr. P- den Captain in jüngeren Jahren gekannt habe. Wie er mir erzählte, war er mit einer jungen Dame von außergewöhnlicher Schönheit verlobt, die an der Küste von Cornwall lebte. Während er auf See war, kam seine Verlobte unter besonders furchtbaren Umständen ums Leben.

Hume Nisbet

Das alte Portrait

Altmodische Bilderrahmen sind mein Hobby. Auf der Suche nach alten, außergewöhnlichen Raritäten stöbere ich immer bei Rahmenbauern und Antiquitätenhändlern herum. Die Bilder interessieren mich nicht, es geht mir in erster Linie um den Rahmen, da ich selbst Künstler bin und dann ein Bild male, das meiner Ansicht nach zu dessen Machart und vermutlicher Geschichte passt. So sind mir schon einige besondere, und wie ich finde, sogar originelle Ideen gekommen.

Eines Dezembertages, etwa eine Woche vor Weihnachten, entdeckte ich in einem Laden in Soho ein schönes, aber ramponiertes holzgeschnitztes Exemplar. Die Goldauflage war schon fast vollständig abgeblättert und drei Ecken waren abgebrochen; doch eine Ecke war noch vorhanden, und so hoffte ich, die anderen dementsprechend rekonstruieren zu können. Die Leinwand war dermaßen verschmutzt und fleckig, dass ich nur das schlecht gemalte Portrait einer recht unspektakulären Person erkennen konnte, welches irgendein armer Maler wohl aus kommerziellen Gründen hingeschmiert hatte, um den Rahmen zu füllen, den sein Auftraggeber vermutlich ebenso günstig erstanden hatte wie nun ich. Doch da der Rahmen an sich noch intakt war, nahm ich ihn samt der verschmierten Leinwand und dachte, sie könne sich noch als nützlich erweisen.

In den nächsten Tagen hatte ich alle Hände voll mit diversen Erledigungen zu tun, sodass ich erst am Weihnachtsabend dazu kam, meine Neuerwerbung, die bis dahin umgedreht an der Wand meines Ateliers gelehnt hatte, zu begutachten.

Da ich an dem Abend nichts weiter vorhatte und auch nicht in der Stimmung war auszugehen, holte ich das gerahmte Bild aus der Ecke und legte es auf den Tisch, wo eine Schüssel Wasser, ein Schwamm und Seifenpulver schon bereitstanden. Dann machte ich mich daran, Rahmen und Bild abzuwaschen, um beides genauer zu inspizieren.

Sowohl der Rahmen als auch die Leinwand waren in miserablem Zustand; ich glaube, ich brauchte fast das ganze Paket Seifenpulver und musste mindestens ein Dutzend Mal frisches Wasser holen, bis das Muster des Rahmens erkennbar wurde und sich das aus nachlässigen Pinselstrichen hingeschmierte Portrait in seiner scheußlichen Grobheit und gesamten Obszönität offenbarte. Zweifellos handelte es sich um das Bildnis eines vulgären, aufgedunsenen Schankwirtes, behangen mit reichlich Schmuck wie bei derartigen Meisterwerken üblich, wenn den Gesichtszügen weniger Bedeutung beigemessen wird als der peinlich genauen Darstellung solcher Statussymbole wie Uhrketten und Siegeln, Fingerringen und Anstecknadeln; all das wirkte so naturgetreu und plastisch wie in der Wirklichkeit.

Der Rahmen gefiel mir, und das Bild stellte mich insofern zufrieden, dass ich den Händler mit dem Preis nicht übervorteilt hatte, und während ich das Ungetüm im Schein der Gaslampe betrachtete und mich fragte, wie dem ursprünglichen Besitzer dieses Bildnis seiner Person nur hatte gefallen können, fiel mir plötzlich etwas am Hintergrund auf – ein leichter Schimmer unter der dünnen Farbschicht, so als wäre ein anderes Gemälde mit dem Portrait übermalt worden.

Es war nur ganz leicht zu erkennen, aber doch genug, dass ich zu meinem Schrank eilte, in dem ich Weingeist und Terpentin aufbewahrte, womit ich unter Hinzunahme eines Stapels von Lumpentüchern sogleich begann, den Wirt in der vagen Hoffnung, darunter könne sich etwas Lohnenswertes verbergen, unerbittlich abzutragen.

Das war ein heikles Unterfangen und ging recht langsam vonstatten, sodass es schon auf Mitternacht zuging, bis die goldenen Fingerringe und die roten Pausbacken des Wirtes verschwanden und ein anderes Bildnis vor meinen Augen Gestalt annahm. Nachdem ich die Leinwand ein letztes Mal abgewaschen hatte, wischte ich sie trocken, rückte das Bild auf der Staffelei ins rechte Licht, und dann stopfte ich meine Pfeife, zündete sie an und setzte mich, um es zu betrachten.

Was hatte ich da aus der schändlichen Gefangenschaft kruden Geschmieres befreit? Auch ohne das Bild auf die Staffelei zu stellen, hätte ich erkannt, dass dieser Pinselquäler ein Werk übermalt und besudelt hatte, das so weit jenseits seiner eigenen Fähigkeiten lag wie die Wolken von einer Raupe.

Büste und Kopf einer jungen Frau unbestimmten Alters verschmolzen miteinander im gedämpften Glanz prächtiger Schmuckstücke, die gemalt waren, wie nur die Hand eines Meisters es vermochte, der darüber erhaben war, sein Können unter Beweis stellen zu müssen, und gelernt hatte, seine Technik zu verschleiern. Mit seiner düsteren und dennoch dezenten

Würde wirkte es so vollkommen und natürlich als hätte Moroni selbst es geschaffen.

Gesicht und Hals in perfekter, farblos weißer Blässe mit so kunstvoll aufgetragenen Schatten, dass man sie gar nicht sah; allein dadurch hätte es der willensstarken Queen Bess zur Freude gereicht.

Beim ersten Hinschauen sah ich inmitten der vagen Dunkelheit einen schwach grauen Fleck, der sich in den Schatten verlor. Mit etwas Abstand schien das Grau umso heller zu werden, je weiter ich mich auf meinem Stuhl zurücklehnte, bis die Konturen leicht hervortraten und klarer und plastischer wurden, während sich die Gestalt geradezu greifbar scheinend von dem dunklen Hintergrund abhob, von dem ich, da ich ihn ja selbst abgewaschen hatte, wusste, dass er eine plane Fläche war.

Ein ausdrucksstarkes Gesicht mit fein geschwungener Nase, wohlgeformten, wenngleich blutleeren Lippen und Augen so dunkel wie Höhlen ohne einen Funken Licht. Offenes Haar, dicht, seidig, tiefschwarz, aber ohne jeden Glanz, das den oberen Teil der Stirn, die ovalen Wangen und die Ohren teils verdeckte und in leichten Wellen bis über die linke Brust fiel, sodass nur die rechte Seite des blassen Halses sichtbar blieb.

Kleid und Hintergrund waren eine Komposition aus Ebenholztönen, jedoch in feinen Nuancen meisterhaft abgestimmt; das Kleid aus prächtigem, brokatverziertem Samt, vor einem Hintergrund, der wie wundersam zurückweichende, ehrfurchtgebietende Leere schien.

Mir fiel auf, dass die blassen Lippen leicht geöffnet waren und die oberen Vorderzähne erkennen ließen, wodurch der Gesichtsausdruck umso eindringlicher schien. Die Spitze der Oberlippe nach oben geschwungen, die Unterlippe voll und sinnlich; so wäre es jedenfalls gewesen, wenn sie noch Farbe gehabt hätten.

Es sah schaurig aus, dieses Gesicht, das ich zu mitternächtlicher Stunde am Weihnachtsabend hatte wieder aufleben lassen; so bleich und starr, als sei sämtliches Blut aus dem Körper gewichen und als stünde ein Leichnam mit offenen Augen vor mir.

Auch die Verzierungen des Rahmens schienen, wie mir jetzt erst auffiel, die Vorstellung eines Lebens im Tode zu symbolisieren. Was zuvor ausgesehen hatte wie Blüten und Früchte tragende Ranken waren nun widerwärtige, sich windende Würmer, die wie in einem Gebeinhaus Knochen zierten; ungeachtet der Handwerkskunst ein grässlicher Anblick, der mich schaudernd wünschen ließ, ich hätte die Reinigung der Leinwand bei Tageslicht vorgenommen.

Ich bin ganz und gar nicht schreckhaft, und hätte mir jemand gesagt, so etwas könne mir Angst einjagen, hätte ich vermutlich darüber gelacht, doch als ich nun so allein in meinem Atelier vor diesem Portrait saß, fernab menschlichen Treibens, da an jenem Abend keines der anderen Ateliers genutzt wurde und auch der Hausmeister sich im Urlaub befand, wünschte ich, ich hätte den Abend mit etwas Angenehmerem verbracht; denn trotz des munteren Feuers im Kamin und des Gaslichtes hatte dieses eindringliche Gesicht mit den unheimlichen Augen eine seltsame Wirkung auf mich.

Ich hörte die Uhren der Kirchtürme in der Umgebung zum Ende der letzten Stunde des Tages schlagen, eine nach der anderen, wie das Echo eines Refrains, der in der Ferne verhallte, und noch immer saß ich da wie gebannt und starrte mit meiner erloschenen Pfeife in der Hand auf das gespenstische Portrait, während mich eine unerklärliche Schwere überkam.

Es lag an diesen Augen mit ihrer unergründlichen Tiefe, die mit fesselnder Intensität auf mich gerichtet waren. Kein bisschen Licht spiegelte sich in ihnen, doch sie schienen meine Seele aufzusaugen und mit ihr mein Leben und meine Kraft, während ich reglos dort saß, bis ich übermannt das Bewusstsein verlor und in einen Traum sank.

Den Rahmen samt Leinwand glaubte ich noch auf der Staffelei, doch die Frau war daraus hervorgetreten und näherte sich schwebend aus einer Gruft voller Särge, von denen einige geschlossen waren und andere offen lagen oder standen und ihren verwesenden, in fleckige Leichentücher gehüllten grausigen Inhalt freigaben.

Ich sah nur Kopf und Schultern der Frau, teils verdeckt von ihrer tiefschwarzen, herabhängenden Haarpracht.

Sie stand nun vor mir, beugte sich mit ihrem bleichen Gesicht zu mir herunter und presste ihre kalten, blutleeren Lippen zu einem lang anhaltenden Kuss auf meine, während mich ihr seidiges, schwarzes Haar umfing wie eine Wolke und mich ein berauschender Schauer durchfuhr, der mich gleichermaßen schwächte wie entzückte.

Als ich die Luft ausstieß, schien sie hastig meinen Atem aufzusaugen, ohne mir etwas dafür zurückzugeben, und umso stärker zu werden, je schwächer ich wurde, während meine Wärme in sie hineinzuströmen schien und neue Lebenskraft in ihr pulsieren ließ.

Und auf einmal ergriff mich das Entsetzen vor meinem nahenden Tode; mit verzweifelter Anstrengung stieß ich sie von mir und sprang von meinem Stuhl auf, einen Moment lang benommen und ohne Orientierung, wo ich mich befand, bis es mir wieder bewusst wurde und ich mich aufgewühlt umsah.

Das Gaslicht flackerte noch immer hell und das Kaminfeuer verbreitete seinen rötlichen Schein. Dem Chronometer auf dem Kaminsims entnahm ich, dass es eine halbe Stunde nach Mitternacht war.

Das gerahmte Bild stand noch auf der Staffelei, doch als ich es mir ansah, hatte sich das Portrait verändert: Die Wangen der Frau glühten, ihre Augen glänzten voller Leben, die sinnlichen, vollen Lippen waren rot und auf der unteren lag ein Tropfen Blut. Rasend vor Entsetzen griff ich nach meinem Schabmesser und schlitzte das Vampirbild aus dem Rahmen heraus. Die Fetzen der Leinwand warf ich in den Kamin und sah mir genüsslich an, wie sie sich im Feuer kräuselten.

Den Rahmen habe ich behalten, aber ich habe noch nicht den Mut aufgebracht, ein passendes Motiv dafür zu malen.

Lettice Galbraith

Das Blaue Zimmer

Ich selbst habe es zwei Mal miterlebt. Es wird nie wieder passieren, hieß es, nachdem Miss Erristoun (mittlerweile Mrs Arthur) und Mr Calder-Maxwell herausgefunden hatten, was es mit dem Spukzimmer auf sich hatte, und den Geist vertrieben. Denn das war es, ein Geist, obwohl Mr Maxwell ihn damals anders bezeichnete, soweit ich mich erinnere mit einem lateinischen Begriff, doch ich weiß nur noch, dass er mich an Hühnerzucht erinnerte. Ich bin die Haushälterin von Mertoun Towers, so wie vor mir meine Tante und vor ihr deren Tante und als Allererste meine Urgroßmutter, die eine entfernte Cousine des Gutsherrn war und den Kaplan geheiratet hatte, nach dessen Tod jedoch mittellos dastand und froh war über die Stelle, die seitdem stets an ihre Nachkommen vererbt wurde. Diese Position verschafft uns bei den Dienstboten ein gewisses Ansehen, da wir im weitesten Sinne zur Familie gehören. Sir Archibald und Mylady war stets bewusst, dass wir entfernte Verwandte sind, und so genossen wir mehr Freiheiten, als Bediensteten normalerweise zukommen.

Mertoun ist seit meinem achtzehnten Lebensjahr mein Zuhause. Damals war etwas geschehen, doch das stand in keinem Zusammenhang mit den folgenden Ereignissen, deshalb will ich dazu nur so viel sagen, dass sich der Gedanke an eine Heirat fortan für mich erledigt hatte und ich in das Herrenhaus kam, um unter der strengen Obhut meiner Tante auf die Pflichten vorbereitet zu werden, die ich eines Tages von ihr übernehmen sollte. Natürlich kannte ich die Spukgeschichte über das Zimmer mit der blauen Tapisserie. Alle kannten sie, obwohl der alte Gutsherr die strenge Anweisung erteilt hatte, im Kreis der Bediensteten nicht darüber zu sprechen, und sich jegliche Anspielungen seitens der Familie und etwaiger Gäste verbat. Doch von allem Übernatürlichen geht von jeher eine seltsame Faszination aus, und Anweisungen hin oder her, pflegen die Leute, welchen Standes auch immer, eine gewisse Neugier zu haben, sodass sowohl im Salon als auch in der Dienstbotenetage des Öfteren hinter vorgehaltener Hand darüber gesprochen wurde. Kaum kam je ein Gast ins Haus, der das Blaue Zimmer nicht hätte sehen wollen und nicht allerlei Fragen über den Geist stellte. Das Merkwürdige an dieser Angelegenheit war, dass niemand so recht wusste, was für ein Geist es war und ob es sich überhaupt um einen solchen handelte. Immer wieder versuchte ich, meine Tante dazu zu bewegen, dass sie mir Näheres über die Legende erzählte, doch sie verwies mich jedes Mal auf Sir Archibalds Anweisung und erklärte, die Geschichte habe möglicherweise mit dem Aberglauben früherer Bewohner des Herrenhauses ihren Anfang genommen, denn eine gewisse Lady Barbara Mertoun sei in dem Zimmer gestorben.

Ich wies meine Tante darauf hin, dass irgendwann vermutlich in so gut wie jedem Zimmer dieses Hauses Menschen gestorben waren, ohne dass jemand auf den Gedanken gekommen wäre, in dem jeweiligen Zimmer spuke es und man sei dort im Schlaf nicht sicher.

Darauf bekam ich zur Antwort, Sir Archibald habe selbst schon in dem Zimmer genächtigt, und nicht nur er, sondern auch der eine oder andere Gentleman habe dort geschlafen, wenn es um eine Wette ging, und keiner von ihnen habe jemals etwas Ungewöhnliches gesehen oder gehört. Sie persönlich, fügte meine Tante hinzu, halte nichts davon, mit derartigen Verrücktheiten Zeit zu verschwenden, denn die könne man doch wohl sinnvoller verbringen.

Irgendwie kam mir ihr Unverständnis aufgesetzt vor, doch ich gab mich mit ihrer Antwort zufrieden, obwohl ich es noch längst nicht war. Ich sprach nicht mehr davon, dachte aber umso mehr darüber nach, und oftmals, wenn ich meinen Pflichten nachging und an dem Blauen Zimmer vorbeikam, fragte ich mich, warum es, wenn dort tatsächlich nichts vorgefallen war und es keinerlei Geheimnis gab, nie benutzt wurde. Auf dem mit feinsten Schnitzereien verzierten Bett lag nicht einmal eine Matratze, sondern lediglich ein Laken zum Schutz vor dem Staub. Dann und wann schlich ich mich in die Portrait-Galerie und betrachtete das riesige Gemälde von Lady Barbara, die in der Blüte ihrer Jugend gestorben war, niemand wusste woran. Kalt und starr hatte man sie eines Morgens aufgefunden, unter dem mit blauem Stoff bespannten Himmel auf dem reich verzierten Bett liegend.

Sie musste eine schöne Frau gewesen sein, mit ihren großen dunklen Augen und dem üppigen kastanienbraunen Haar, wobei ich bezweifle, dass ihre Schönheit nur äußerlicher Natur war, gehörte Lady Barbara doch einer fröhlichen Schar bei Hofe an, die in jener Zeit nicht unbedingt als respektabel galt, vorausgesetzt man kann den Mythen Glauben schenken, die sich darum ranken. Eine Dame mit Anstand hätte für ein Gemälde wohl auch kaum ein solches Kleid getragen, das fast gänzlich ihre Schultern freigab und dessen Stoff so dünn schien, dass man geradezu hindurchsehen konnte. Etwas Eigenartiges musste die junge Frau ohnehin an sich gehabt haben, denn wie es heißt, wollte ihr Schwiegervater, bekannt als der alte, boshafte Lord Mertoun, sie nicht in der Grabstätte der Familie bestatten lassen. Das mag jedoch an reiner Boshaftigkeit seinerseits gelegen haben, da er ihr verübelte, dass sie keine Kinder hinterließ, sondern nur einen dahinsiechenden Ehemann, der kaum einen Monat später an der Schwindsucht starb. Aus diesem Grund erlosch mit dem Tod des alten Lords der Adelstitel und sämtlicher Besitz ging über an den protestantischen Zweig der Familie, dem gegenwärtig Sir Archibald Mertoun vorsteht. Wie auch immer, jedenfalls liegt Lady Barbara auf dem Kirchhof in der Nähe des Torbogens, zwar in einer großen marmornen Gruft, aber dennoch allein, denn ihr Mann fand seine letzte Ruhestätte in der Krypta unter dem Altarraum bei den Särgen seiner Vorfahren und Nachfahren, neben denen seiner Brüder, die vor ihm verstorben waren.

Oftmals dachte ich an Lady Barbara und fragte mich, woran sie wohl gestorben war. Und dann geschah etwas, was das Mysterium noch rätselhafter machte.

Es war nach einem weihnachtlichen Familientreffen, das weiß ich noch, denn es war das erste Weihnachtsfest nach Jahren, das auf Mertoun stattfand, und wir hatten alle Hände voll damit zu tun, die Zimmer herzurichten, da am Silvesterabend in der Nachbarschaft ein Ball stattfinden sollte, zu dem Lady Mertoun samt ihren zahlreichen Gästen geladen war. An jenem Silvesterabend zumindest war das Haus so voll, wie es nur sein konnte.

Ich war in der Wäschekammer und half beim Zuordnen der Laken und Kissen zu den entsprechenden Betten, als Mylady mit einem geöffneten Brief in der Hand hereinkam.

In gesenktem Tonfall sprach sie mit meiner Tante und erklärte ihr, was sie offenbar so aufgebracht hatte, denn nachdem ich dem obersten Hausmädchen einen Stapel frische Bettwäsche gebracht hatte und zurückkam, hörte ich sie sagen: »Es ist viel zu aufwendig, die gesamte Planung im letzten Moment umzustoßen. Hätte sie die junge Dame nicht zu Hause lassen und stattdessen ein anderes Dienstmädchen mitbringen können, das man in einer Dachkammer mit ihresgleichen unterbringen könnte?«

Ich vermutete, Lady Grayburn, eine der Besucherinnen, hatte geschrieben, sie werde ihre Gesellschafterin mitbringen, und da ihr Dienstmädchen erkrankt sei und zu Hause bleiben müsse, bat sie darum, die junge Dame im Zimmer neben dem ihrigen unterzubringen, damit sie ihr nötigenfalls beim Ankleiden zur Hand gehen könne. An sich hätte eine so einfache Bitte keine Umstände bereitet, wären nicht alle Zimmer vergeben gewesen. Sämtliche Schlafzimmer in der ersten Etage waren belegt, bis auf das Blaue Zimmer, das unglücklicherweise genau neben dem lag, das Lady Grayburn zugeteilt worden war.

Meine Tante machte mehrere Vorschläge, doch keiner schien zweckdienlich, sodass Mylady schließlich ausrief: »Dann können wir es eben nicht ändern, und Sie müssen Miss Wood im Blauen Zimmer unterbringen. Es ist ja nur für eine Nacht, und sie wird von dieser dummen Geschichte nichts erfahren.«

»Ach, Mylady!«, lamentierte meine Tante und ihre Stimme klang, als entspräche es tatsächlich nicht der Wahrheit, wenn sie ansonsten so leichthin über den besagten Geist sprach.

»Ich kann es nicht ändern«, antwortete Mylady. »Außerdem glaube ich gar nicht, dass mit dem Zimmer etwas nicht stimmt. Sir Archibald hat auch schon dort geschlafen und hatte keinen Grund zur Klage.«

»Aber eine Frau, eine junge Frau«, zeterte meine Tante. »Ich würde sie einer solchen Gefahr nicht aussetzen wollen, Mylady. Lassen Sie uns lieber einen der Gentlemen dort unterbringen, und Miss Wood bekommt das erste Zimmer im Westkorridor.«

»Und was würde sie Lady Grayburn dort nutzen?«, fragte Ihre Ladyschaft. »Seien Sie nicht albern, meine liebe Marris. Schließen Sie die Tür zwischen den beiden Zimmern auf, und wenn Miss Wood sich fürchtet, kann sie sie offenlassen. Aber ich werde ihr bestimmt kein Wort von diesem unsinnigen Aberglauben sagen und ich wäre äußerst verärgert, wenn es jemand anderes täte.«

Das sagte sie in einem Tonfall, als wäre das Problem damit aus der Welt, doch meine Tante schien längst nicht beruhigt. »Seine Lordschaft«, murmelte sie, »was wird er dazu sagen, dass eine junge Dame dort schlafen soll?«

»Sir Archibald mischt sich nicht in die Haushaltsführung ein. Lassen Sie das Blaue Zimmer umgehend für Miss Wood herrichten. *Ich* werde die Verantwortung übernehmen – wenn von Verantwortung überhaupt die Rede sein kann.«

Damit rauschte Ihre Ladyschaft davon, und uns blieb nichts anderes übrig, als ihre Anweisung zu befolgen. Das Blaue Zimmer wurde hergerichtet, ein Feuer im Kamin entzündet, und als ich das Zimmer noch einmal inspizierte, konnte ich nicht umhin zu denken, wie hübsch und einladend es aussah. Kerzen brannten hell auf dem Frisiertisch und dem Kaminsims, und die Holzscheite im Kamin loderten munter vor sich hin. Alles war, wie es sein sollte, und ich wollte schon die Tür hinter mir schließen, als mein Blick auf das Bett fiel. Die Decke warf Falten, als hätte sich jemand darauf sinken lassen. Verärgert fragte ich mich, wie die Dienstmädchen nur so gedankenlos hatten sein können, sich ausgerechnet auf ein frisch bezogenes Bett zu setzen. Ich ging um das Bett herum, schüttelte das Federbett auf und zog die Tagesdecke glatt. Dann hörte ich draußen vor dem Fenster auch schon die Kutschen vorfahren.

Kurz darauf kamen Lady Grayburn und Miss Wood die Treppe hinauf, und da ich wusste, dass sie kein Dienstmädchen mitgebracht hatten, erbot ich mich, ihnen beim Auspacken zu helfen. Ich blieb lange im Zimmer Ihrer Ladyschaft, und als sie sich häuslich eingerichtet hatte, klopfte ich an die Tür nebenan, um Miss Wood behilflich zu sein. Lady Grayburn folgte mir fast auf dem Fuß, um mich nach dem Verbleib der Schlüssel zu fragen. Dann sprach sie in schärferem Tonfall, jedoch nicht mit mir, sondern mit ihrer Gesellschafterin, einer zarten Person, die mir recht unscheinbar vorkam, bis auf ihr wunderschönes, blassgolden schimmerndes Haar, das in dicken Korkenzieherlocken ihr schmales Gesicht umrahmte.

»Du wirst noch zu spät kommen«, tadelte Lady Grayburn sie. »Du hattest lange genug Zeit und hast noch nicht einmal ausgepackt!« Die junge Dame murmelte, so viel Zeit habe sie doch gar nicht gehabt. »Genug Zeit jedenfalls, um dich aufs Bett zu legen, anstatt dich zurechtzumachen«, lautete die Retourkutsche Ihrer Ladyschaft. Und als Miss Wood diese Unterstellung mit ihrem leisen Stimmchen zurückwies, warf ich einen Blick über die Schulter auf das Bett und sah, dass die Decke die gleichen Falten warf, wie sie mir zuvor schon einmal aufgefallen waren. Sogleich schlug mein Herz schneller, denn ohne zu wissen warum, war ich mir sicher, es hatte etwas mit Lady Barbara zu tun.

Miss Wood ging nicht zu dem Ball. Sie nahm das Abendessen im Schulraum mit der Gouvernante der jungen Ladys ein, und als eins der Hausmädchen mir sagte, dass sie aufbleiben wolle, bis Lady Grayburn zurückkehrte, brachte ich ihr gegen Mitternacht Sandwiches und etwas Wein. Sie blieb im Schulraum und las ein Buch, bis die ersten Gäste um kurz nach zwei Uhr zurückkamen. Ich hatte zusammen mit den Hausmädchen in den Zimmern nach den Kaminfeuern gesehen und Holzscheite nachgelegt, und ich war nicht überrascht, als ich sah, dass die Bettdecke im Blauen Zimmer abermals diese merkwürdigen Falten warf; eigentlich hatte ich sogar genau das erwartet. Den Hausmädchen, denen es anscheinend gar nicht aufgefallen war, sagte ich kein Wort davon, doch ich erzählte es meiner Tante, und obwohl sie in scharfem Ton zurückgab, das sei Unsinn, wurde sie ganz blass und ich hörte sie murmeln: »Gott helfe ihr.«

In jener Nacht schlief ich nicht gut, denn so sehr ich es auch versuchte, hielt der Gedanke an das junge Mädchen oben allein in dem Blauen Zimmer mich wach. Als ich schließlich kurz davor war einzudämmern, schreckte ich auf. Vor lauter Unruhe, wie ich vermutete, glaubte ich, einen Schrei gehört zu haben. Ich öffnete die Tür und lauschte, doch es war nichts zu hören, und nachdem ich eine Weile gewartet hatte, schlüpfte ich wieder zurück ins Bett und lag zitternd unter der Decke, bis ich endlich einschlief.

Der gesamte Haushalt regte sich am nächsten Morgen nicht so früh wie für gewöhnlich. Alle waren müde von dem langen Abend, und der Tee wurde den Damen erst um halb zehn gebracht. Meine Tante verlor kein Wort über den Geist, doch ich merkte, wie nervös sie war, und sie fragte mich als Erstes, ob schon jemand bei Miss Wood gewesen sei. Ich sagte ihr, Martha, eins der Hausmädchen, sei gerade mit einem Tablett zu ihr hinaufgegangen, als das Mädchen auch schon schreckensbleich die Treppe wieder herunterkam. »Um Himmels Willen, Mrs Marris«, rief sie, »Sie müssen sofort zum Blauen Zimmer kommen. Etwas Furchtbares ist geschehen!«

Meine Tante fragte gar nicht erst, was es sei. Sie rannte sofort hinauf und ich lief hinterher. »Ich wusste es, ich wusste es«, hörte ich sie vor sich hin murmeln. »O Gott, wie wird Mylady sich nun fühlen?«

Selbst wenn ich hundert Jahre alt werden sollte, vergesse ich niemals das Gesicht dieses armen Mädchens. Als wäre es vor Angst erstarrt. Mit weit aufgerissenen Augen und den zarten Händen auf beiden Seiten in die Bettdecke gekrallt, lag sie an genau der Stelle, wo die Falten gewesen waren.

Natürlich war sogleich das ganze Haus auf den Beinen. Sir Archibald schickte einen der Stallburschen nach einem Arzt, doch der konnte nichts mehr für Miss Wood tun, denn sie war seit mindestens fünf Stunden tot.

Es war eine traurige Angelegenheit. Sämtliche Besucher reisten so schnell als möglich ab, bis auf Lady Grayburn, die noch eine Befragung über sich ergehen lassen musste.

In seinem Bericht vermerkte der Arzt als Todesursache Herzversagen aufgrund eines plötzlichen Schrecks, und obwohl es im Urteilsspruch der offiziellen Untersuchung nicht erwähnt wurde, war es ein offenes Geheimnis, dass man Ihre Ladyschaft dafür verantwortlich machte, weil sie zugelassen hatte, dass Miss Wood in dem Spukzimmer schlief. Niemand machte der

Ärmsten so bittere Vorwürfe wie sie sich selbst, und sie büßte ganz sicher für ihre Schuld. Denn sie erholte sich nie vollständig von dem Schock jenes furchtbaren Morgens und blieb gebrechlich bis zu ihrem Tod fünf Jahre danach.

All das geschah im Jahr 184–. Und es sollte fünfzig Jahre dauern, bis wieder eine Frau in dem Blauen Zimmer schlief – fünfzig Jahre, die viele Veränderungen mit sich brachten. Der alte Gutsherr lag längst bei seinen Ahnen, und sein Sohn, der derzeitige Sir Archibald, stand der Familie vor. Seine Söhne waren auch schon erwachsene Männer, und Mr Charles, der älteste, hatte selbst bereits einen prächtigen kleinen Sohn. Meine Tante war seit vielen Jahren tot und ich zu einer alten Frau geworden, aber nach wie vor im Dienst und durchaus in der Lage, die Hausmädchen auf Trab zu halten. Heutzutage, so glaube ich, muss man häufiger nach ihnen sehen als in der damaligen Zeit, als noch nicht so oft von Bildung die Rede war und sich junge Frauen, die im Dienst standen, weniger mit Kleidung, sondern mehr mit dem Abstauben der Möbel befassten. Nicht, dass Bildung nicht eine feine Sache wäre, aber dort, wo sie angebracht ist, nämlich bei den feinen Leuten. Wäre Miss Erristoun nicht eine so kluge, willensstarke junge Dame, hätte sie das Blaue Zimmer niemals von seinem furchtbaren Geheimnis befreien und Mr Arthur zum glücklichsten Mann auf Erden machen können.

Sie war ihm bereits aufgefallen, als sie im Sommer zum ersten Mal zu Mrs Charles zu Besuch kam, und es überraschte mich keineswegs, dass sie zur Eröffnung der Jagdsaison ebenfalls unter den Gästen war. Es war keine der großen Gesellschaften, wie sie sonst üblich waren (da Sir Archibald und Lady Mertoun auf Reisen waren). Lediglich ein halbes Dutzend junger Damen reisten an, die mit Mrs Charles – die selbst fast noch ein junges Mädchen war –, befreundet waren, und ebenso viele Gentlemen, die von Mr Charles und Mr Arthur eingeladen worden waren. Es war ein äußerst munteres Grüppchen, das Lunchpartien unter dem Baldachin im Freien, Tennisturniere und Tänzchen an den Nachmittagen veranstaltete und im ganzen Haus Versteck spielte wie auf einem Kindergeburtstag. Zunächst erstaunte es mich, dass Miss Erristoun, von der es hieß, sie sei sehr gebildet und stehe in Cambridge den Gentlemen in nichts nach, bei all den Vergnügungen mitmachte, doch sie schien ebensolche Freude daran zu haben wie die anderen jungen Leute und war immer als Erste für jeden neuen Spaß zu haben. Es wunderte mich nicht, dass Mr Arthur Gefallen an ihr fand, denn sie war ein hübsches Mädchen, groß und schlank, und so graziös wie eine Prinzessin. Sie hatte wunderschönes Haar, das, wie ihr Dienstmädchen mir erzählte, bis zum Boden reichte, wenn sie auf einem Stuhl saß, um es bürsten zu lassen. Alle schienen sie zu mögen, doch mir fiel bald auf, dass Mr Arthur oder Mr Calder-Maxwell in ihrer Gunst am höchsten standen.

Mr Maxwell ist mittlerweile Professor, ein sehr anerkannter in Oxford sogar. Doch damals war er noch Student, ebenso wie Mr Arthur, wenngleich auch strebsamer als dieser. Er verbrachte Stunden in der Bibliothek und vertiefte sich in alte Bücher voller sonderbarer, düsterer Schriftzeichen, von denen es hieß, der alte, boshafte Lord Mertoun habe sie in der Zeit von König Charles, dem Zweiten, gesammelt. Ab und zu gesellte sich Miss Erristoun zu ihm, und bei ihren Studien stießen die beiden auf einen Hinweis, der sie auf die Spur des Spuks in dem Blauen Zimmer brachte.

Noch lange nach Miss Woods Tod war es verboten, über den Geist zu sprechen. Weder der Gutsherr, noch Ihre Ladyschaft konnten ertragen, dass jemand ihn auch nur erwähnte, und das Blaue Zimmer blieb verschlossen, außer um die Möbel abzustauben und zu lüften. Doch im Laufe der Jahre verblasste die Tragödie und wurde mehr und mehr zu einer Geistergeschichte, über die man ebenso verstohlen sprach wie in der Zeit, als ich in die Dienste des Herrenhauses gekommen war. Viele Leute glaubten, dass ein Geheimnis dahintersteckte, und spekulierten darüber, um was für einen Geist es sich handeln könnte. Andere wiederum hielten Miss Woods Tod in diesem Zimmer schlichtweg für einen Zufall, der nichts mit etwas Übernatürlichem zu tun hatte. Miss Erristoun gehörte zu jenen, die letztere Ansicht vertraten. Sie glaubte keineswegs an Geister und war davon überzeugt, dass sich jeder vermeintliche Spuk auf eine natürliche Ursache zurückführen ließe, wenn man nur den Mut besäße und über das Wissen verfüge, um ihm auf den Grund zu gehen.

An jenem Tag war es regnerisch, die Gentlemen blieben im Haus, und Mrs Charles wollte unbedingt, dass sich alle in meinen Räumlichkeiten zu einer altmodischen Teestunde trafen, um sich, wie sie es nannte, ›Spukgeschichten‹ zu erzählen. Ich sollte ihnen alles, was ich über das Blaue Zimmer wusste, berichten, und als sie darüber sprachen und Spekulationen anstellten, was es mit diesem Geist auf sich hatte, meldete sich auch Miss Erristoun zu Wort. »Die Ärmste hatte einen Herzfehler«, sagte sie entschieden, »und sie wäre auch in jedem anderen Zimmer gestorben.«

»Aber was ist mit den anderen Leuten, die dort übernachtet haben?«, fragte jemand.

»Sie sind nicht gestorben. Dem alten Sir Archibald ist nichts passiert, Mr Hawksworth und dem anderen Mann auch nicht. Sie waren kerngesund und hatten gehörigen Schneid, deshalb haben sie sich nichts eingebildet.«

»Sie waren keine Frauen«, gab Mrs Charles zu bedenken. »Das könnte bedeuten, dass der Geist nur dem schwächeren Geschlecht erscheint.«

»Es spricht umso mehr dafür, dass die Geschichte nur eine Legende ist«, widersprach Miss Erristoun. »Erst hieß es, alle Leute, die in dem Zimmer schliefen, seien gestorben. Dann war die Rede von einem oder zwei Männern, die dort übernachtet hatten und unversehrt blieben. Mit der Zeit wurde offenbar immer mehr hinzugedichtet, und da eine Frau nachweislich plötzlich dort starb, lautete die Erklärung fortan, nur noch Frauen seien von dem Spuk betroffen. Wenn eine junge Dame mit stabiler Konstitution und starken Nerven einmal in diesem Zimmer übernachten würde, wäre euer berühmter Hausgeist ein für alle Mal Geschichte.«

Das führte zu einer regen Meinungsverschiedenheit. Keine der anderen jungen Damen konnte dem zustimmen, und die Gentlemen hatten ohnehin ihre Zweifel daran, dass die Nerven einer Frau überhaupt stark genug sein könnten, um einer solchen Herausforderung standzuhalten. Je länger sie darüber debattierten, desto mehr beharrte Miss Erristoun auf ihrer Ansicht, bis Mrs Charles schließlich verärgert ausrief: »Nun, es ist eine Sache, darüber zu sprechen, aber etwas ganz anderes, sich dem zu stellen. Gib es zu, Edith! Du selbst hättest nicht den Mut, eine Nacht in diesem Zimmer zu verbringen.«

»Und ob ich den Mut habe, und das werde ich auch beweisen«, lautete ihre prompte Antwort. »Ich glaube nicht an Geister und ich bin bereit, mich diesem Experiment zu stellen.

Heute Nacht werde ich in dem Blauen Zimmer schlafen und dann werdet ihr morgen früh selbst sehen, dass der Spuk, der diesem Zimmer angedichtet wurde, nichts mit einem Geist zu tun hat.«

Mrs Charles bereute wohl schon, was sie gesagt hatte. Denn alle nahmen Miss Erristoun beim Wort, und die Gentlemen schlossen bereits Wetten darauf ab, ob ihr in der Nacht ein Geist erscheinen würde oder nicht. Mrs Charles versuchte ihre herausfordernden Worte lachend als scherzhaft abzutun, doch dafür war es zu spät. Miss Erristoun war nicht mehr von ihrem Vorhaben abzubringen. Nun wolle sie es auch zu Ende bringen, sagte sie, und wenn man nicht bereit wäre, ihr das Bett herzurichten, werde sie eben mit Decken und Kissen auf dem Fußboden campieren.

Die anderen lachten und stritten weiter, doch Mr Maxwells besorgter Blick entging mir nicht. Er nahm Mr Arthur beiseite und sprach in gesenktem Ton mit ihm. Was genau er sagte, konnte ich nicht hören, doch Mr Arthur antwortete sogleich: »Das ist die verrückteste Idee, von der ich je gehört habe, und ich werde es keinesfalls zulassen.«

»Sie wird vermutlich nicht um Erlaubnis fragen«, wandte Mr Maxwell ein. Dann fragte er Mrs Charles, seit wann das Blaue Zimmer nicht mehr benutzt worden sei und ob es gelüftet wurde. Die Antwort konnte ich ihm geben, und als er hörte, dass das Bett zwar nicht bezogen war, aber regelmäßig das Kaminfeuer entzündet wurde, sagte er, zunächst wolle er sich vergewissern, dass es dort keinen Geist gebe, und wenn er keinen sähe, könne Miss Erristoun jederzeit ihrerseits den Beweis antreten.

Mr Maxwell besaß Geschick im Regeln von Angelegenheiten, und mit seiner besonnen Art schien es ihm immer wieder zu gelingen, sich durchzusetzen. Kurz vor dem Abendessen kam er mit Mrs Charles zu mir und sagte, sein Vorschlag sei angenommen. Ich solle das Blaue Zimmer herrichten lassen, aber ohne dass die Bediensteten etwas davon mitbekämen, und dann werde er dort nächtigen.

Am nächsten Morgen hörte ich, er sei wie üblich zum Frühstück erschienen. Er habe eine außerordentlich ruhige Nacht verbracht, wie er berichtete, und bestens geschlafen.

An jenem Morgen regnete es Bindfäden, doch Mr Arthur stürmte trotzdem aus dem Haus. Er hätte sich fast mit Miss Erristoun gestritten und war wütend auf Mr Maxwell, weil er sie in ihrem Eifer vermeintlich angestachelt hatte, die Geist-Theorie, wie sie es nannten, auf die Probe zu stellen. Die beiden blieben fast den ganzen Tag lang in der Bibliothek, und als Mrs Charles später mit Miss Erristoun die Treppe hinaufging, um sich zum Abendessen umzuziehen, zog sie sie damit auf, ob es denn nur die Dämonen seien, die sie interessierten. »Durchaus«, lautete die Antwort, doch ausgerechnet in dem Teil des Nachschlagewerkes, in dem es spannend wurde, fehle eine Seite. Zunächst hatten sie sich auf den Inhalt des Kapitels keinen Reim machen können, bis Mr Maxwell auffiel, dass eine Seite herausgeschnitten worden war. Beim Abendessen gab es offenbar kein anderes Thema mehr, wie mir der Butler erzählte, und Miss Erristoun schien so beschäftigt mit ihren Studien, dass ich hoffte, sie würde darüber das Blaue Zimmer vergessen. Doch es war nicht ihre Art, ein Vorhaben fallen zu lassen. Später am Abend sah ich sie mit Mr Arthur auf dem Gang stehen. Er redete ihr ernsthaft ins Gewissen, aber sie zuckte nur mit den Schultern und sah ihn lächelnd an, mit einem Blick, der besagte, sie werde sich nicht davon abbringen lassen. Ich wollte an den beiden vorbeihuschen, um nicht zu stören, doch in dem Moment kam Mr Maxwell aus dem Billard-Zimmer. »Was ist mit unserer Partie?«, fragte er. »Wollen Sie mir nicht Revanche geben?«

»Ich komme sofort«, antwortete Miss Erristoun und drehte sich um, woraufhin Mr Arthur ihr eine Hand auf den Arm legte. »Aber erst versprechen Sie es mir«, drängte er. »Immerhin das müssen Sie mir versprechen.«

»Fangen Sie doch nicht schon wieder damit an!«, gab sie etwas gereizt zurück. »Aber wenn Sie es unbedingt wollen, verspreche ich es Ihnen. Nun machen Sie mich bitte nicht noch länger verrückt.«

Mr Arthur sah ihr hinterher, als sie mit seinem Freund zurück in das Billardzimmer ging. Er stieß einen Seufzer aus. Dann sah er mich und kam mir entgegen. »Sie lässt es sich nicht ausreden«, sagte er mit blassem Gesicht. »Ich habe alles Mögliche versucht. Ich würde ja meinem Vater telegrafieren, aber ich weiß noch nicht, wo meine Eltern während ihres Aufenthalts in Paris wohnen, und ich würde ohnehin nicht rechtzeitig eine Antwort bekommen. Mrs Marris, sie will in diesem verd- Zimmer schlafen, und wenn ihr etwas passiert, dann ... ich ...« Er brach ab, ließ sich auf die Bank in der Fensternische sinken und verbarg sein Gesicht in den Händen.

Ich konnte es ihm so gut nachempfinden, dass auch mir zum Weinen zumute wurde. Mr Arthur war mir schon immer der Liebste von allen gewesen, und ich war geradezu wütend auf Miss Erristoun, weil sie ihm einen solchen Kummer bereitete – aus purer Prahlerei.

»Ich glaube, sie sind alle verrückt geworden«, fuhr Mr Arthur fort. »Charley hätte dem sofort ein Ende bereiten müssen, aber Kate und die anderen haben ihn überredet. Er behauptet, er glaube nicht, dass eine Gefahr besteht. Und Maxwell hat nur noch diesen Unsinn aus diesen abscheulichen Schwarten über Dämonologie im Kopf. Er unterstützt sie sogar. Sie will kein Wort von mir hören. Sie sagte mir ganz unverblümt, sie werde nie wieder mit mir reden, wenn ich weiter versuche, sie daran zu hindern. Ich bedeute ihr nicht das Geringste. Damit muss ich mich wohl abfinden. Doch ich kann es nicht ändern, ... ich würde mein Leben für sie geben.«

Ich tat mein Bestes, um ihn zu trösten, und sagte ihm, Miss Erristoun werde sicher nichts geschehen. Doch es nutzte nichts, denn ich glaubte meinen Beteuerungen ja selbst kaum. Ich fürchtete, es würde schlimme Folgen haben, das Schicksal dermaßen herauszufordern, und ich hatte wieder das entsetzliche Gesicht der anderen bedauernswerten jungen Dame vor Augen, als wir sie tot in dem vermaledeiten Zimmer fanden. Dennoch ist etwas Wahres an dem Sprichwort ›Wo ein Wille, da auch ein Weg‹. Wir konnten Miss Erristoun zwar nicht davon abhalten, sich in Lebensgefahr zu begeben, doch ich überlegte, was man ansonsten unternehmen könne, und mir fiel etwas ein: *Ich* würde an diesem Abend jedenfalls nicht zu Bett gehen.

Erst vor Kurzem hatte ich die Wintervorhänge aufarbeiten lassen, und die Schneiderin hatte sich zu diesem Zweck in dem kleinen Boudoir am Ende des Flurs eingerichtet. Ich machte Feuer im Kamin, stellte eine frische Lampe auf, und als im Haus Ruhe einkehrte, schlich ich mich dort hinein, um Wache zu halten. Das Boudoir war keine zehn Meter von dem Blauen Zimmer entfernt, und ich konnte geräuschlos über den dicken Teppich huschen und an der Tür lauschen. Miss Erristoun hatte Mr Arthur versprochen, dass sie die Tür nicht abschließen werde. Immerhin dieses eine Zugeständnis hatte er ihr abringen können. Gegen elf Uhr zogen sich die jungen Leute in ihre Zimmer zurück, aber Miss Erristoun sprach noch fast eine Stunde lang mit Mrs Charles, während das Dienstmädchen ihr das Haar bürstete. Ich sah sie in das Blaue Zimmer gehen, und als Louise schließlich auch ging, war alles ruhig. Es muss gegen halb zwei gewesen sein, als ich zum ersten Mal etwas zu hören glaubte. Ich öffnete die Tür des Boudoirs, spähte durch den Spalt und da stand Mr Arthur auf dem Flur. Er erschrak, als er mich sah. »Sie wollen auch wach bleiben«, sagte er und kam zu mir. »Dann glauben Sie also doch, heute Nacht ist etwas Unheilvolles im Gange? Die anderen sind zu Bett gegangen, aber ich kann nicht schlafen – sinnlos, es überhaupt zu versuchen. Ich wollte im Raucherzimmer bleiben, aber es liegt so weit entfernt, dass ich nicht einmal hören könnte, wenn sie um Hilfe schreien würde. Ich habe gerade an der Tür gehorcht, aber es war alles still. Können Sie nicht hineingehen und nachsehen, ob alles in Ordnung ist? Ach, Marris, wenn ihr etwas …«

Ich wusste, was er meinte, doch *diese* Möglichkeit wollte ich nicht in Betracht ziehen – noch nicht. »Ich kann nicht ohne einen Grund das Zimmer einer Dame betreten«, sagte ich. »Aber ich bin mindestens alle fünf Minuten zu ihrer Tür gegangen. Erst nach halb eins hörte ich Miss Erristoun nicht mehr herumlaufen, und Gott würde ganz bestimmt nicht zulassen, Mr Arthur, dass ihr etwas geschieht, ohne denen, die auf sie aufpassen, ein Warnzeichen zukommen zu lassen. Ich werde weiter genau hinhören, und sollte es auch nur die kleinsten Anzeichen dafür geben, dass etwas nicht stimmt, gehe ich sofort zu ihr, und Sie bleiben als Verstärkung in der Nähe.«

Ich redete ihm noch eine Weile gut zu, bis er sich ein wenig beruhigt hatte. Dann saßen wir da und warteten, die meiste Zeit lang schweigend, und ich ging immer wieder auf den Flur, um zu horchen. Im ganzen Haus war es totenstill, und diese Stille hatte etwas Unheimliches an sich – von nirgendwo ein Lebenszeichen, außer in dem kleinen Boudoir, wo Mr Arthur nervös auf und ab ging, wenn er nicht gerade angespannt auf die Tür starrte.

Als die Uhr drei schlug, ging ich abermals hinaus. In der Ecke neben dem Boudoir ist ein Fenster, und als ich daran vorbeiging, trat jemand hinter den Vorhängen hervor und flüsterte: »Nicht erschrecken, Mrs Marris, ich bin es nur, Calder-Maxwell. Mr Arthur ist auch da, nicht wahr?« Er öffnete die Tür des Boudoirs ein Stück weiter. »Darf ich hereinkommen?«, fragte er leise. »Ich dachte mir, dass Sie hier sein würden, Mertoun. Ich selbst habe keine Angst, aber für den Fall, dass an dieser Geschichte *doch* etwas dran ist, sollten einige von uns sich bereithalten. Es war eine gute Idee von Ihnen, Mrs Marris zu bitten, mit Ihnen Wache zu halten.«

Mr Arthur sah ihn mit einem Blick an, der so finster war wie eine Gewitterwolke. »Wenn Sie nicht *wüssten*, dass dort drinnen etwas ist«, sagte er, »wären Sie jetzt nicht hier. Und da Sie es wissen, sind Sie eindeutig ein Schurke, weil Sie die junge Dame dazu angestachelt haben, ihr Leben zu riskieren, um Ihre aberwitzigen Theorien zu beweisen. Nach all dem verzichte ich auf Ihre Freundschaft, und wenn es nach mir geht, will ich Sie nie wiedersehen oder mit Ihnen reden.«

Diese Worte beunruhigten mich ziemlich und ich fragte mich, wie Mr Maxwell sie auffassen würde, doch er zündete sich lächelnd in aller Ruhe eine Zigarette an.

»Ich will mich nicht mit Ihnen streiten, alter Freund«, sagte er. »Sie sind heute Nacht ein wenig angespannt, und was man von sich gibt, wenn man Nerven zeigt, sollte nicht zu ernst genommen werden.« Dann wandte er sich an mich. »Sie sind eine kluge Frau, Mrs Marris, und ich schätze, eine mutige noch dazu. Wenn ich hier bei Mr Arthur bleibe, würden Sie auf dem Flur vor Miss Erristouns Tür Posten beziehen? Wenn sie im Schlaf etwas vor sich hinmurmelt, hat das nichts zu bedeuten, aber sollte sie aufschreien, gehen Sie sofort hinein, *sofort*, verstehen Sie. Wir werden Sie von hier aus hören und direkt zur Stelle sein.«

Als Mr Arthur das vernahm, sprang er auf. »Sie wissen mehr, als Sie vorgeben«, rief er. »Sie haben letzte Nacht in diesem Zimmer geschlafen. Wenn Sie Miss Erristoun in irgendeiner Weise manipuliert haben, dann können Sie sich weiß Gott auf etwas gefasst machen ...«

Mr Maxwell hielt mir die Tür auf. »Würden Sie bitte zu Miss Erristouns Tür gehen, Mrs Marris?«, fragte er in gelassenem Tonfall. »Mertoun, seien Sie nicht so ein verd- Narr.«

Ich tat, worum Mr Maxwell mich gebeten hatte, und ich gebe mein Wort darauf, dass ich ununterbrochen lauschte, denn ich war mir sicher, dass er mehr wusste als wir und damit rechnete, dass etwas passieren würde.

Es kam mir vor wie Stunden, obwohl es nicht einmal annähernd so lange gedauert haben konnte, bis ich tatsächlich hörte, dass sich hinter der geschlossenen Tür jemand bewegte.

Zunächst dachte ich, es wäre nur mein eigener Herzschlag, der gegen meine Rippen hämmerte, doch bald wurde mir klar, dass es eindeutig Schritte waren, begleitet von einem Murmeln, als spräche jemand ohne Unterlass, aber mit gesenkter Stimme.

Dann sagte eine Stimme (diesmal eindeutig die von Miss Erristoun): »Nein, das ist nicht möglich. Ich träume. Ich muss wohl träumen.« Eine Art Scharren ertönte, als laufe sie hastig über den Fußboden. Ich hatte die Hand schon an der Türklinke, doch mich schien jegliche Kraft zu verlassen, sodass ich mich nicht mehr rühren konnte. Ich konnte nur noch darauf warten, was als Nächstes passierte.

Plötzlich sprach sie lauter. Ich konnte nicht verstehen, was sie sagte, denn es klang wie eine andere Sprache, wurde aber sogleich unterbrochen. »Ich kann mich nicht daran erinnern«, rief sie in aufgewühltem Tonfall. »Was soll ich nur machen? Ich kann mich nicht …« Darauf folgte Schweigen. »Nein. Nein!«, schrie sie. »Oh, Arthur, Arthur!«

Als meine Kraft zurückkehrte, stieß ich die Tür auf.

Die Nachttischlampe brannte und das Zimmer war nicht ganz dunkel. Miss Erristoun stand neben dem Bett. Sie schien vor etwas zurückzuweichen. Ihre Finger krallten sich in die Bettdecke, die sie mit beiden Armen an sich presste. Ihr Gesicht war so weiß wie die Laken und ihre Augen weit aufgerissen vor Entsetzen. Und das nicht ohne Grund – denn einen solchen Schreck hatte auch ich nie zuvor erlebt, und selbst wenn es meine letzten Worte wären, würde ich schwören, dicht vor ihr hat ein Mann gestanden. Als ich die Tür weiter öffnete, drehte er sich zu mir um, und ich sah sein Gesicht so deutlich wie ihres. Er war jung und sehr gut aussehend, und seine Augen schimmerten wie die eines Tieres, wenn man ihm im Dunkeln begegnet.

»Arthur!«, schrie Miss Erristoun abermals. Ich sah, dass sie in Ohnmacht fallen würde. Ich sprang ihr zu Hilfe, fing sie an den Schultern auf, als sie zurück auf das Bett sank.

Innerhalb einer Sekunde war es vorbei. Mr Arthur hielt sie in seinen Armen, und als ich den Kopf hob, waren da nur wir vier, denn Mr Maxwell war Mr Arthur auf dem Fuß gefolgt und kniete neben mir mit dem Finger an Miss Erristouns Puls. »Es ist nur eine Ohnmacht«, sagte er. »Sie wird gleich wieder zu sich kommen. Bringen Sie sie lieber sofort hinaus. Hier ist ein Morgenmantel.« Er hüllte sie darin ein und hätte auch geholfen, sie hochzuheben, doch das konnte Mr Arthur ganz allein. So als wäre sie ein kleines Kind, trug er Miss Erristoun in das Boudoir. Er legte sie auf das Sofa, kniete sich davor und rieb ihre Hände. »Holen Sie den Brandy aus dem Raucherzimmer, Maxwell«, sagte er. »Mrs Marris, haben Sie ein Riechsalz zur Hand?«

Ich trage immer ein Fläschchen in meiner Kitteltasche. Das gab ich ihm, und dann rannte ich hinter Mr Maxwell her, der eine Kerze entzündet hatte und den Brandy holen ging. »Soll ich Mr Charles und die Bediensteten wecken?«, rief ich. »Er wird sich irgendwo versteckt haben, aber er hatte nicht genug Zeit, um aus dem Haus herauszukommen.«

Mr Maxwell sah mich an, als wäre ich verrückt geworden. »Er? Wer?«, fragte er.

»Der Mann«, sagte ich. »Da war ein Mann in Miss Erristouns Zimmer. Ich werde Soames und Robert wecken.«

»Sie werden nichts dergleichen tun«, gab Mr Maxwell mit Bestimmtheit zurück. »Da war kein Mann in dem Zimmer.«

»Doch, da war einer«, widersprach ich. »Ich habe ihn selbst gesehen, und er war groß und kräftig. Jemand muss nach der Polizei schicken, bevor er Zeit hat, zu fliehen.«

Mr Maxwell war schon immer ein etwas eigenwilliger Gentleman gewesen, doch in dem Moment konnte ich mir sein Verhalten ganz und gar nicht erklären. Er lehnte sich an die Wand und fing an zu lachen, bis ihm die Tränen kamen.

»Ich weiß nicht, was es zu lachen gibt«, sagte ich kurz angebunden. Ich war verärgert, weil er das Geschehen so leichtfertig herunterspielte. »Ich betrachte es lediglich als meine Pflicht, Mr Charles darüber zu informieren, dass sich ein Einbrecher im Haus aufhält.«

Sofort wurde er wieder ernst. »Verzeihen Sie, Mrs Marris«, sagte er in besonnenem Tonfall, »aber bei dem Gedanken, die Polizei zu holen, konnte ich nicht anders, als zu lachen. Genau genommen wäre der Vikar hier angebrachter. Sie brauchen auch nicht das ganze Haus aufzuwecken. Das würde Miss Erristoun nur erheblich schaden und ansonsten nicht das Geringste bewirken. Verstehen Sie, was ich meine? Was Sie gesehen haben, war kein Mann, es war ... tja, wie soll ich es nennen? Es war der Spuk in dem Blauen Zimmer.«

Dann lief er die Treppe hinunter und ließ mich vollkommen verwirrt dort stehen. Ich war mir so sicher gewesen, dass ich einen Mann gesehen hatte, und darüber hatte ich den Geist ganz vergessen.

Miss Erristoun war bald wieder bei Bewusstsein. Wie ein Lämmchen trank sie den Brandy, den wir ihr einflößten, und setzte sich tapfer auf. Doch bei jedem Geräusch zuckte sie zusammen und griff wie ein verängstigtes Kind nach Mr Arthurs Hand. Zuvor stets selbstbewusst und entschieden in ihrem Auftreten, kannte man sie so überhaupt nicht, doch ihr verändertes Verhalten machte sie umso liebenswerter. Ohne Worte schienen die beiden sich zu verstehen, und da sie in ihrer Angst nach ihm gerufen hatte, musste ihm doch spätestens in dem Moment klar geworden sein, wie viel er ihr schon seit Langem bedeutete.

Sobald sie sich ein wenig erholt hatte, begann Mr Maxwell ihr Fragen zu stellen. Mr Arthur wollte es ihm verbieten, doch er bestand darauf und erklärte, es sei von äußerster Dringlichkeit, dass sie ihre Eindrücke schilderte, solange sie noch frisch waren. Und nachdem sie sich dazu überwunden hatte, schien es eine Erleichterung für sie zu sein, uns zu erzählen, was sie erlebt hatte. Mr Arthur hielt die ganze Zeit lang ihre Hand, während Mr Maxwell alles in seinem Notizbuch vermerkte.

Sie sei unbekümmert zu Bett gegangen, erzählte sie. Sie sei nicht im Geringsten beunruhigt gewesen und vor Müdigkeit sofort eingeschlafen. Dann hatte sie wohl eine Art Traum, denn sie befand sich noch im selben Zimmer, das jedoch anders möbliert war – bis auf das Bett. Sie konnte sogar beschreiben, wo genau welche Möbel standen. Aber sie fühlte sich unbehaglich, so als wäre sie nicht mehr sie selbst, sondern jemand anders, und als wolle sie etwas tun – etwas, das getan werden musste, obwohl sie Todesangst hatte und an der Zwischentür zum Nebenzimmer horchte, weil sie erwartete, dass sich dahinter jemand bewegte und sie zu sich rufen würde. Das an sich war schon merkwürdig, denn in dem benachbarten Zimmer hatte überhaupt niemand geschlafen. In ihrem Traum, so erzählte sie weiter, sah sie eine kleine silberne Feuerschale, und zwar genau die, die mittlerweile in der Gemäldegalerie in einer Vitrine steht (ein schönes Cinquecento-Stück, wie Mylady, glaube ich, einmal sagte), und sie erinnerte sich noch daran, dass sie diese Schale lange in den Händen hielt, bevor sie sie auf ein kleines Tischchen neben dem Bett stellte. In dem blauen Zimmer steht ein schönes Himmelbett, mit aufwendigen Schnitzereien am Rahmen des Himmels und des Gestells und vor allem an den dreißig Zentimeter starken Bettpfosten, in die Reliefs aus

Früchten und Blüten geschnitzt sind. Miss Erristoun sagte, sie sei zu dem linken Pfosten am Fußende gegangen, und als sie mit der Hand über die Schnitzereien strich, berührte sie eine Springfeder, die in der Mitte einer Blüte saß. Daraufhin sprang eine hölzerne Vertäfelung auf wie eine Klappe, und dahinter befand sich ein Geheimfach, aus dem sie ein paar Bögen Papier und eine silberne Dose nahm. Sie schien zu wissen, was sie mit den Papieren tun musste, obwohl sie uns nicht sagen konnte, was darauf geschrieben stand. Doch sie hatte eine deutliche Erinnerung daran, dass sie eine Pastille aus der Silberdose nahm und in der Silberschale entzündete. Rauch stieg auf und erfüllte das ganze Zimmer mit einem schweren Duft. Und das Nächste, woran sie sich erinnerte, war, dass sie aufwachte und sich mitten im Zimmer stehend wiederfand, und – dann war das, was ich gesehen hatte, als ich die Tür öffnete, plötzlich da.

Bei diesem Teil der Geschichte wurde sie ganz blass und schauderte. »Ich konnte es nicht glauben«, sagte sie. »Ich versuchte mir zu sagen, dass ich noch träumte, aber so war es nicht, so war es nicht. Es war echt, es war da – ach, und es war furchtbar.«

Sie verbarg ihr Gesicht an Mr Arthurs Schulter. Mr Maxwell saß mit seinem Bleistift in der Hand da und starrte sie an. »Ich hatte also recht«, sagte er. »Dessen war ich mir auch sicher, aber es schien unglaublich.«

»Es *ist* unglaublich«, sagte Miss Erristoun. »Aber es ist wahr, fürchterlich wahr. Als ich merkte, dass ich wach war, dass es wirklich da war, versuchte ich mich an den Bann zu erinnern, aus dem Exorzismus-Offizium, wissen Sie? Aber er fiel mir nicht ein. Die Worte strömten aus meinem Kopf, meine Willenskraft schwand, ich war erstarrt, als ob ich mir mit nichts mehr zu helfen wüsste, und dann …« Sie sah Mr Arthur an und errötete über Hals und Wangen. »Dann dachte ich an Sie und ich rief nach Ihnen – weil ich das Gefühl hatte, Sie würden mich retten.«

Mr Arthur machte nicht mehr Aufhebens um Mr Maxwell und mich, als wenn wir nur ein paar Stoffpuppen wären. Er nahm sie in die Arme und küsste sie, während wir beide unsere Blicke abwandten.

Nach einer Weile sagte Mr Maxwell: »Noch eine Frage, bitte. Wie sah es aus?«

Sie überlegte einen Moment, bevor sie antwortete: »Es sah aus wie ein Mann, groß und sehr gut aussehend. Mit blauen Augen, soweit ich mich erinnere, sehr strahlenden Augen.« Mr Maxwell sah mich fragend an, und ich nickte. »Und die Kleidung?«, fragte er. Sie musste fast hysterisch lachen. »Es klingt zu verrückt, um es in Worte zu fassen, aber ich glaube ..., ich bin mir nahezu sicher, es war ein normaler Abendanzug.«

»Das ist nicht möglich«, rief Mr Arthur. »Du hast die ganze Zeit lang geträumt. Das ist der Beweis.«

»Ist es nicht«, widersprach Mr Maxwell. »Sie erscheinen meistens in der Kleidung der jeweiligen Zeit. Das werden Sie sowohl bei Scott als auch bei Glanvil bestätigt finden; Sprenger nennt auch ein Beispiel. Außerdem hielt Mrs Marris ihn für einen Einbrecher, was dafür spricht, dass die – diese Erscheinung objektiv wahrgenommen wurde und keine Besonderheiten bezüglich ihrer Kleidung aufwies.«

»Was?«, rief Miss Erristoun aus. »Sie haben es auch gesehen?« Ich erzählte ihr genau, was ich gesehen hatte. Meine Beschreibung stimmte in jeder Hinsicht mit ihrer überein, nur dass ich natürlich von der Tür aus das weiße Hemd und die Krawatte nicht hatte sehen können.

Mr Maxwell klappte sein Notizbuch zu und ließ das elastische Band darum herumschnappen. Eine ganze Weile starrte er schweigend ins Kaminfeuer. »Es liegt fast jenseits aller Vorstellung«, sagte er mehr zu sich selbst, »dass so etwas am Ende des neunzehnten Jahrhunderts noch vorkommt, in diesen von Wissenschaft und rationalem Denken geprägten Zeiten, auf die wir uns so viel einbilden – wir, die wir in unserer intellektuellen Erhabenheit auf den unbedarften Aberglauben des Mittelalters herabblicken.« Befremdet lachte er kurz auf. »Ich würde der Sache gern auf den Grund gehen. Ich habe eine Theorie, und im Interesse der Erforschung der Psyche und der Humanwissenschaft im Allgemeinen möchte ich eine Erklärung finden. Miss Erristoun, ich weiß, Sie bräuchten jetzt Schlaf und Ruhe, und es ist schon fast früher Morgen. Aber würden Sie mir noch eine Bitte gewähren? Bevor Sie mit Fragen überhäuft werden und immer wieder erzählen müssen, was Sie erlebt haben, bis die Eindrücke ihres nächtlichen Abenteuers an Schärfe und Klarheit verlieren, würden Sie mit Mertoun und mir noch einmal in das Blaue Zimmer gehen und versuchen, das Geheimfach zu finden?«

»Sie wird nie wieder einen Fuß hinter diese Tür setzen«, begann Mr Arthur zornig, doch Miss Erristoun legte ihm beschwichtigend ihre Hand auf den Arm.

»Warte einen Moment, Liebster«, sagte sie besonnen. »Hören wir uns erst einmal seine Beweggründe an. Glauben Sie«, fuhr sie an Mr Maxwell gerichtet fort, »dass mein Traum seine Ursache in einer wahren Begebenheit hat und dass sich etwas, das im Zusammenhang mit dieser furchtbaren Sache steht, in dem Zimmer verbirgt?«

»Ich glaube, Sie sind dem Geheimnis auf die Spur gekommen«, antwortete er. »Ich glaube ferner, wenn Sie das Gleiche tun wie in Ihrem Traum und das Geheimfach öffnen, können Sie die Erblast der unbesonnenen Torheit einer bestimmten Frau für immer auslöschen. Doch wenn überhaupt, muss es bald geschehen, bevor Ihre Eindrücke mit der Zeit verblassen.«

»Dann soll es jetzt sein«, antwortete sie. »Ich habe mich schon weitgehend erholt. Fühlen Sie meinen Puls! Meine Nerven sind vollkommen stabil.«

Mr Arthur brach in wütenden Protest aus. Sie habe schon genug durchgemacht in dieser Nacht, sagte er, und er werde ihre Gesundheit nicht für Maxwells aberwitzige Theorien aufs Spiel setzen.

Ich habe Miss Erristoun schon immer für eine gut aussehende Frau gehalten, aber nie – nicht einmal am Tag ihrer Hochzeit – sah sie so schön aus wie in dem Moment, als sie in ihrem langen weißen Morgenmantel aufstand und ihr das prächtige Haar offen über die Schultern fiel.

»Also«, sagte sie, »wenn Gott uns eine Aufgabe gibt, müssen wir sie um jeden Preis erfüllen. Noch gestern Abend glaubte ich an nichts, was mir nicht nachvollziehbar schien. Ich war so stolz auf meinen Mut und meinen Verstand, dass ich nicht einmal Angst davor hatte, in diesem Zimmer zu schlafen, um zu beweisen, dass der Geist nichts weiter als unsinniger Aberglaube ist. Doch ich musste lernen, dass es Mächte gibt, über die ich nichts weiß und gegen die sich meine Willensstärke als viel zu schwach erwies. Gott beschützte mich und schickte mir Hilfe zur rechten Zeit, und wenn ER mir einen Weg gewiesen hat, auf dem ich andere Frauen vor der Gefahr bewahren kann, der ich entkommen bin, wäre ich mehr als undankbar, wenn ich vor dieser Aufgabe zurückschreckte. Holen Sie die Lampe, Mr Maxwell, und wir werden tun, was in unserer Macht steht.« Dann legte sie Mr Arthur beide Hände auf die Schultern. »Warum machst du dir Sorgen?«, sagte sie aufmunternd. »Du bist doch bei mir. Wovor könnte ich da Angst haben?«

Mittlerweile wundert es mich nicht mehr, dass nachts ganze Häuser ausgeraubt werden und sonst etwas passieren kann, ohne dass es jemand merkt. Fünf Personen schliefen in den Zimmern auf diesem Flur, während wir hin- und herliefen, ohne auch nur eine einzige aufzuwecken. Und das sicher nicht nur, weil wir so leise waren, wie wir konnten, denn Mr Maxwell hatte uns klargemacht, dass es umso besser wäre, wenn möglichst wenig über das Geschehene bekannt würde. Mit der Lampe in der Hand ging er voraus, und wir folgten ihm. Miss Erristoun zitterte, als ihr Blick auf das Bett fiel, auf dessen Decke sich die verhängnisvollen Falten abzeichneten, und ich konnte mir vorstellen, dass sie daran dachte, wie diese Nacht geendet hätte, wenn keine Hilfe zur Stelle gewesen wäre.

Sie zögerte nur einen Moment, dann ging sie tapfer weiter und tastete an den Schnitzereien nach der verborgenen Feder des Geheimfaches. Mr Maxwell hielt die Lampe dicht heran, doch es war nichts zu erkennen, das sich von den drei anderen Bettpfosten unterschieden hätte. Zehn Minuten lang suchte sie danach, ebenso wie die beiden Gentlemen. Es schien bereits, als sei der Traum doch nur ein Trugbild gewesen, als Miss Erristoun plötzlich ausrief »Da ist sie«, woraufhin das Panel mit einem leichten Ruck aufsprang und das Geheimfach freigab, von dem sie uns erzählt hatte.

Mr Maxwell nahm die Gegenstände heraus, denn Mr Arthur wollte nicht, dass Miss Erristoun sie berührte. Es handelte sich um eine Rolle Papiere und eine kleine silberne Dose. Beim Anblick des Silberdöschens stieß Miss Erristoun einen leisen Schrei aus. »Genau die ist es«, sagte sie und schlug die Hände vors Gesicht.

Mr Maxwell hob den Deckel und schüttete zwei oder drei Pastillen in seine Hand und wieder zurück. Dann rollte er die Papiere auseinander, und ehe er einen genaueren Blick auf ein mit sonderbaren schwarzen Buchstaben beschriebenes Pergament geworfen hatte, rief er: »Wusste ich's doch! Hab ich es doch gewusst! Das ist die fehlende Seite.« Vor Aufregung schien er ganz ungeduldig. »Los doch«, sagte er. »Halten Sie die Lampe näher heran, Mertoun. Ich habe ja immer gesagt, es ist kein Geist, und jetzt ist das Ganze so klar wie ein sonniger Tag.« Als wir wieder am Tisch im Boudoir saßen, fuhr er fort: »Wissen Sie, so viel hing davon ab, dass es einen Erben gab. Das war die Hauptursache für die fortwährenden Querelen zwischen dem alten Lord Mertoun und seiner Schwiegertochter Barbara. Er hatte die Ehe nie gebilligt und warf der Ärmsten immer wieder vor, sie habe ihre oberste Pflicht als Ehefrau seines einzigen noch lebenden Sohnes nicht erfüllt. Aus seinem Testament ging hervor, dass er ihr keinen roten Heller hinterlassen würde, sollte sein Sohn ohne direkte Nachkommen sterben. Dann war da noch die erbitterte Feindschaft mit dem protestantischen Zweig der Familie. Der damalige Sir Archibald hatte drei Söhne. Er hatte etwa zur selben Zeit wie sein Cousin geheiratet, und zwar Lady Mary Sarum, die Barbaras Rivalin bei Hofe gewesen war. Als die Ärzte prognostizierten, dass Dennis Mertoun an der Schwindsucht sterben würde, war seine Frau so verzweifelt, dass sie Zuflucht in Schwarzer Magie suchte. Es ist allgemein bekannt, dass die Sammlung von Werken über Dämonologie des alten Lords eine der vollständigsten in Europa war. Lady Barbara muss Zugang zu den Büchern gehabt und diese Seite herausgetrennt haben. Vermutlich bemerkte Lord Mertoun es und zog seine Schlussfolgerungen. Das würde erklären, warum er ihr verweigerte, in der Krypta der Familie beigesetzt zu werden. Die Mertouns waren gläubige Katholiken; mit Teufelswerk zu experimentieren, ist eine der Todsünden, müssen Sie wissen. Jedenfalls gelang es Lady Barbara, diese Pastillen herzustellen, und mithilfe der Anleitungen auf dieser Buchseite beschwor sie den Spuk herauf, und dann … Großer Gott! Mertoun, was machen Sie denn da?«

Ehe wir es mitbekamen und ihn davon abhalten konnten, hatte Mr Arthur die Papiere und die Silberdose samt Pastillen ins Kaminfeuer geworfen. Das dicke Pergament kräuselte sich und verkohlte, während sich ein merkwürdiger schwacher Geruch, der an Weihrauch erinnerte, ausbreitete und schwer in der Luft hing. Mr Arthur ging zum Fenster und riss die Läden auf. Der Tag dämmerte schon rosig im Schimmer der aufgehenden Sonne und ein angenehm frischer Wind wehte aus Osten herein.

»Das ist eine hässliche Geschichte«, sagte Mr Arthur. »Und wenn etwas Wahres daran ist, sollten wir sie im Sinne der Familie und im Namen der toten Frau auf ewig ruhen lassen. Auch was unser Wirken letzte Nacht betrifft, werden wir uns bedeckt halten. Es genügt, wenn alle anderen wissen, dass der Bann gebrochen ist, da eine tapfere, beherzte junge Dame sich dem unerklärlichen Geheimnis mutig gestellt und den Geist vertrieben hat.«

Mr Calder-Maxwell überlegte kurz. »Ich glaube, Sie haben recht«, sagte er dann, wenngleich etwas resigniert. »Ich stimme Ihnen zu und verzichte auf die Gelegenheit zu weltweitem Ruhm im Kreise derer, die sich der Erforschung der menschlichen Psyche verschrieben haben. Doch ich würde mir doch *sehr* wünschen, Mertoun, dass Sie die Dinge korrekt beim Namen nennen. Es war *kein* Geist. Es handelte sich um …«

Wie ich schon sagte, weiß ich nur noch, dass mich der Begriff irgendwie an Hühnerzucht erinnerte.

ANMERKUNG: Die Leserschaft möge zur Kenntnis nehmen, dass die gute Mrs Marris, wenngleich sie wohl nie Sprenger studierte, unbewusst den gleichlautenden Wortstamm der Begriffe *Inkubator* (Brutschrank für Hühner) und *Incubus* (erwähnt im auch als Hexenhammer bekannten Malleus Maleficarum) bemerkte.

Edith Nesbit

Das Omen des Schattens

Dies ist keine künstlerisch abgerundete Gespenstergeschichte, und nichts wird darin erklärt, und es scheint keinen Grund zu geben, warum irgendetwas davon passiert sein soll. Was aber kein Grund ist, sie nicht zu erzählen. Bestimmt ist Ihnen schon aufgefallen, dass alle echten Gespenstergeschichten, die Sie je gehört haben, diese Dinge gemeinsam haben – keine Erklärung, keinen logischen Zusammenhang. Hier kommt die Geschichte.

Wir waren zu dritt mit noch einer anderen, aber sie war bei der zweiten schnellen Tanzrunde des Weihnachtsballs plötzlich in Ohnmacht gefallen und im Ankleidezimmer hingelegt worden, neben dem Zimmer, das wir drei uns teilten. Es war einer dieser fröhlichen, altmodischen Bälle gewesen, bei denen fast alle über Nacht bleiben und das große Landhaus zum Bersten voll ist – mit Gästen auf Sofas, Couches, Sitzbänken und sogar Matratzen auf dem Fußboden. Ein paar junge Männer schliefen, glaube ich, tatsächlich auf dem großen Esstisch. Wir hatten uns über unsere Tanzpartner unterhalten, wie Mädchen das eben tun, und dann hatte uns die Stille des Herrenhauses, unterbrochen nur vom Flüstern des Windes in den Zypressenästen und dem Kratzen ihrer rauen Finger an unseren Fensterscheiben, ein so wohliges Vertrauen in unsere Umgebung voll buntem Chintzstoff und Kerzenlicht und Feuerschein eingeflößt, dass wir es gewagt hatten, über Geister zu sprechen – an die wir, wie wir alle sagten, kein bisschen glaubten. Wir hatten uns die Geschichte von der Geisterkutsche erzählt, und die vom schauerlich seltsamen Bett, und die von der Dame im Contouche-Kleid und die vom Haus am Berkeley Square.

Keine von uns glaubte an Geister, doch zumindest mir schnürte sich vor Angst die Kehle zu, sodass ich zu ersticken glaubte, als es an unsere Tür klopfte – schwach, aber nicht zu überhören.

»Wer ist da?«, fragte die Jüngste von uns und reckte ihren schlanken Hals zur Tür. Diese öffnete sich langsam, und ich gestehe, dass der darauffolgende Moment der Spannung noch immer zu den Augenblicken der größten Unsicherheit in meinem Leben zählt. Fast unverzüglich ging die Tür ganz auf, und Miss Eastwich, die Haushälterin, Gesellschafterin und allgemeine Hilfe meiner Tante, blickte zu uns herein.

Wir alle sagten: »Treten Sie ein«, aber sie blieb dort stehen. Sie war, zu allen normalen Uhrzeiten, die schweigsamste Frau, die ich kannte. Sie stand da und sah uns an und zitterte ein wenig. Genau wie wir – denn damals wurden Flure nicht von Heizungsrohren erwärmt, und es drang ein kalter Luftzug durch die Tür.

»Ich habe Ihr Licht gesehen«, sagte sie schließlich, »und mich gewundert, dass Sie so spät noch wach sind – nach all dem Trubel. Ich dachte, vielleicht …« Ihr Blick ging zur Tür des Ankleidezimmers.

»Nein«, sagte ich, »sie schläft fest.« Ich hätte ein »Gute Nacht« hinzufügen sollen, aber die Jüngste von uns kam mir zuvor. Sie kannte Miss Eastwich nicht wie wir anderen, wusste nicht, dass ihr beharrliches Schweigen eine Mauer um sie errichtet hatte – eine Mauer, die niemand mit den Gemeinplätzen eines Gesprächs oder den Belanglosigkeiten einer einfachen menschlichen Beziehung einzureißen wagte. Miss Eastwichs Schweigen hatte uns gelehrt, sie wie eine Maschine zu behandeln; und sie als etwas anderes als eine Maschine zu behandeln, kam uns nicht in den Sinn. Aber die Jüngste von uns hatte Miss Eastwich an jenem Tag zum ersten Mal gesehen. Sie war jung, unreif, unausgeglichen, neigte zu blinden, schafsköpfigen Impulsen. Außerdem war sie die Erbin eines reichen Talgkerzenherstellers, doch das hat nichts mit diesem Teil der Geschichte zu tun. Sie sprang vom Kaminvorleger auf, wobei ihr der unangemessen feine, spitzenbesetzte Seidenmorgenrock von den dünnen Schlüsselbeinen rutschte, und rannte zur Tür und legte einen Arm um Miss Eastwichs steifen, von einem Kragen eingefassten Hals. Ich hielt den Atem an. Ebenso gut hätte ich es gewagt, die Nadel der Kleopatra zu umarmen. »Treten Sie ein«, sagte die Jüngste von uns, »treten Sie ein und wärmen Sie sich. Wir haben noch ganz viel Kakao.« Sie zog Miss Eastwich herein und schloss die Tür.

Das lebendige Licht der Freude in den hellen Augen der Haushälterin stach mir ins Herz wie ein Messer. Es wäre so leicht gewesen, ihr einen Arm um den Hals zu legen, wenn man nur gedacht hätte, dass sie dort einen Arm wollte. Aber ich hatte nicht daran gedacht – und vielleicht hätte mein Arm auch nicht das Licht gebracht, das der dünne Arm der Jüngsten von uns hervorrief.

»Jetzt«, fuhr die Jüngste eifrig fort, »sollen Sie den allerweichsten, gemütlichsten Sessel haben, und der Kakao-Topf steht hier ganz heiß auf dem Kaminvorsprung – und wir haben uns Gruselgeschichten erzählt, aber wir glauben kein bisschen daran; und wenn Sie sich aufgewärmt haben, sollen Sie auch eine erzählen.«

Miss Eastwich – dieses Muster an Schicklichkeit und anständig ausgeführten Pflichten –, eine Gruselgeschichte erzählen!

»Sind Sie sicher, dass ich Sie nicht störe?«, fragte Miss Eastwich und streckte die Hände zum Feuer. Ich überlegte, ob Haushälterinnen wenigstens an Weihnachten Feuer in ihrem Zimmer haben. »Sie stören überhaupt nicht«, sagte ich – hoffentlich mit so viel Wärme, wie ich empfand. »Ich ... Miss Eastwich ... ich hätte Sie schon öfter hereingebeten ... ich dachte nur nicht, dass Sie sich für Mädchengeschnatter interessieren würden.«

Das dritte Mädchen, das eigentlich keine Rolle spielte, weshalb ich es bisher nicht erwähnt habe, schenkte unserem Gast Kakao ein. Ich legte Miss Eastwich meinen weichen Spitzenschal um die Schultern. Mir fiel nichts anderes ein, was ich für sie tun konnte, und wünschte mir plötzlich verzweifelt, es gäbe etwas. Ihr Lächeln war wirklich hübsch. Leute können auch mit vierzig oder fünfzig oder sogar später noch hübsch lächeln, auch wenn Mädchen das nicht glauben. Mir fiel auf – und das war ein weiterer Messerstich –, dass ich Miss Eastwich noch nie zuvor ein wahres Lächeln hatte lächeln sehen. Ihr mattes Lächeln pflichtbewusster Ergebenheit hatte nichts gemeinsam mit diesem Grübchen erzeugenden, glücklichen, verklärenden Ausdruck.

»Das ist aber nett«, sagte sie, und es schien mir, dass ich noch nie zuvor ihre wahre Stimme gehört hatte. Der Gedanke, dass ich diese neue Stimme zum Preis eines Kakaos, eines Feuers und meines Arms um ihren Hals in diesen sechs Jahren jederzeit hätte hören können, gefiel mir nicht.

»Wir haben uns Gespenstergeschichten erzählt«, sagte ich. »Dabei glauben wir gar nicht an Gespenster. Niemand, den wir kennen, hat je eins gesehen.«

»Immer hat jemand jemandem etwas erzählt, der es jemandem erzählt hat, den wir kennen«, sagte die Jüngste von uns, »und so etwas kann man doch nicht glauben, nicht wahr?«

»Was der Soldat gesagt hat, ist kein Beweis«, sagte Miss Eastwich. Wird man mir wohl glauben, dass mich dieses kurze Dickens-Zitat noch tiefer traf als das neue Lächeln oder die neue Stimme?

»Und alle Gruselgeschichten sind so schön abgerundet – ein Mord an Ort und Stelle – oder ein verborgener Schatz, oder eine Warnung ... Ich glaube, das macht sie unglaubwürdiger. Die schrecklichste Gruselgeschichte, die ich je gehört habe, war ziemlich albern.«

»Erzähl sie uns.«

»Nein – sie lässt sich nicht gut erzählen. Miss Eastwich soll eine erzählen.«

»Oh ja«, sagte die Jüngste von uns, und ihre großen, dunklen Augen leuchteten, während sie begierig den Hals reckte und unserem Gast bittend einen Arm auf den Schoß legte.

»Das Einzige, was ich je mitbekommen habe, war ... war Hörensagen«, sagte sie langsam, »bis auf das Ende.«

Ich wusste, dass sie ihre Geschichte erzählen würde, und ich wusste, dass sie sie noch nie zuvor erzählt hatte, und ich wusste, dass sie sie jetzt nur erzählte, weil es ihr ihrem Ehrgefühl nach als die einzige Möglichkeit erschien, für das Feuer und den Kakao zu bezahlen, und für den Arm um ihren Hals.

»Erzählen Sie die Geschichte lieber nicht«, sagte ich plötzlich, »ich weiß, dass Sie es nicht möchten.«

»Ich glaube, sie würde Sie langweilen«, sagte sie bescheiden, und die Jüngste von uns, die nun mal nicht alles verstand, funkelte mich böse an.

»Wir fänden sie *großartig*«, sagte sie. »Bitte erzählen Sie sie uns. Es macht gar nichts, wenn es keine richtige, vollendete, ausgefeilte Geschichte ist. Ich bin sicher, alles, was *Sie* gruselig finden, muss ganz wunderbar gespenstisch sein.«

Miss Eastwich trank ihren Kakao aus und streckte den Arm, um die Tasse aufs Kaminsims zu stellen.

»Es kann nicht schaden«, sagte sie mehr zu sich selbst, »sie glauben nicht an Gespenster, und eigentlich war es ja auch kein Gespenst. Und sie sind alle über zwanzig – sie sind keine Kinder mehr.«

Es folgte eine Atempause, in der Stille und Erwartung herrschten. Das Feuer knisterte, und das Gas flackerte plötzlich auf, weil die Lichter im Billardzimmer abgedreht worden waren. Wir hörten die Schritte und Stimmen der Männer auf den Fluren.

»Es lohnt sich wirklich kaum, die Geschichte zu erzählen«, sagte Miss Eastwich zweifelnd und schirmte ihr welkes Gesicht mit ihrer dünnen Hand vor dem Feuer ab.

»Doch – oh doch – bitte!«, riefen wir alle.

»Also«, sagte sie, »vor zwanzig Jahren – mehr als zwanzig Jahren – hatte ich zwei Freunde, die ich mehr liebte als alles andere auf der Welt. Und sie heirateten einander …«

Sie hielt inne, und ich wusste genau, wie sie jeden von ihnen geliebt hatte. Die Jüngste von uns sagte:

»Wie wunderschön für Sie. Bitte erzählen Sie weiter.«

Sie tätschelte der Jüngsten die Schulter, und ich war froh, dass ich verstanden hatte und die Jüngste von allen nicht. Miss Eastwich fuhr fort.

»Nun ja, nachdem sie verheiratet waren, habe ich ein oder zwei Jahre lang nicht viel von ihnen gesehen, und dann hat er mir einen Brief geschrieben und mich gebeten, sie für eine Weile zu besuchen, weil seine Frau krank wäre und ich sie aufmuntern sollte, und auch ihn; denn es wäre ein düsteres Haus, und auch er würde düster werden.«

Während sie sprach, wurde mir klar, dass sie jede Zeile dieses Briefs auswendig kannte.

»Also bin ich hingefahren. Die Adresse war in Lee, in der Nähe von London. Damals schossen straßenweise neue Einfamilienhäuser aus dem Boden rund um alte, von Parkanlagen und roten Mauern umgebene Backsteinvillen, wisst ihr, und man spürte noch die Zeit der Pferdefuhrwerke und Postkutschen und der ihnen auflauernden Blackheath-Räuber. Er hatte das Haus düster genannt, und es hieß ›Die Tannen‹, und ich stellte mir vor, wie meine Droschke sich durch eine dunkle Baumgruppe schlängeln und vor einem dieser stattlichen, quadratischen alten Herrenhäuser halten würde. Stattdessen hielten wir vor einem großen, eleganten, frei stehenden Haus mit Eisengeländern, farbig glasierten Kacheln auf dem Weg vom Eisentor zur getäfelten Tür mit Buntglasfenstern, und statt einer Baumgruppe gab es nur ein paar verkümmerte Zypressen und Goldorangen im winzigen Vorgarten. Aber drinnen war alles warm und einladend. Er begrüßte mich an der Tür.«

Sie blickte ins Feuer, und ich wusste, dass sie uns vergessen hatte. Aber das jüngste Mädchen von allen glaubte noch immer, sie würde ihre Geschichte für uns erzählen.

»Er begrüßte mich an der Tür«, sagte sie noch einmal, »und bedankte sich, dass ich gekommen war, und bat mich, ihm das Vergangene zu vergeben.«

»Welches Vergangene?«, fragte diese Hohepriesterin der Indiskretion, die Jüngste von allen.

»Oh – wahrscheinlich meinte er, weil sie mich nicht früher eingeladen hatten oder so etwas«, sagte Miss Eastwich bekümmert, »aber es ist doch eine sehr langweilige Geschichte, finde ich, und …«

»Bitte erzählen Sie weiter«, sagte ich – dann versetzte ich der Jüngsten von uns einen Tritt und stand auf, um Miss Eastwichs Schal zurechtzuschieben, und formte über ihre Schulter hinweg lautlos die Worte: »Sei still, du dumme Gans …«

Nach weiterem Schweigen sprach die neue Stimme der Haushälterin weiter.

»Sie freuten sich sehr, mich zu sehen, und ich freute mich sehr, dort zu sein. Junge Mädchen wie Sie haben heute so viele Freunde, aber diese beiden waren alles, was ich hatte – alles, was ich je gehabt hatte. Mabel war nicht richtig krank, nur schwach und leicht nervös. Auf mich wirkte er kränker als sie. Sie ging früh schlafen, und zuvor bat sie mich noch, ihm bei seiner letzten Pfeife Gesellschaft zu leisten, also gingen wir ins Speisezimmer und setzten uns in die zwei Lehnstühle zu beiden Seiten des Kamins. Ich erinnere mich, dass sie mit grünem Leder bezogen waren. Auf dem Kaminsims standen bronzene Gruppen von Pferden und eine schwarze Marmoruhr – alles Hochzeitsgeschenke. Er goss sich etwas Whisky ein, rührte ihn aber kaum an, sondern saß nur da und blickte ins Feuer. Irgendwann fragte ich: …

›Was stimmt denn nicht? Mabel scheint es doch ihren Umständen entsprechend gut zu gehen.‹

Er sagte: ›Ja – aber ich rechne jeden Tag damit, dass sie merkt, dass etwas nicht stimmt. Darum wollte ich, dass du herkommst. Du warst immer so vernünftig und stark, und Mabel ist wie ein Vögelchen auf einer Blume.‹

Ich sagte, dass ich natürlich für ihn da wäre, und wartete, dass er fortfuhr. Ich dachte, er müsse Schulden haben oder in irgendwelchen Schwierigkeiten stecken. Also wartete ich einfach. Dann sagte er:

›Margaret, dies ist ein sehr sonderbares Haus …‹ Er nannte mich immer Margaret. Wir waren ja alte Freunde, wissen Sie. Ich sagte ihm, dass ich das Haus sehr hübsch fand, und frisch und gemütlich – nur ein bisschen zu neu –, aber das würde sich mit der Zeit geben. Er sagte:

›Es ist neu, das ist es ja. Wir sind die Ersten, die darin wohnen. Wäre es ein altes Haus, Margaret, würde ich glauben, dass es hier spukt.‹

Ich fragte, ob er etwas gesehen habe. ›Nein‹, antwortete er, ›noch nicht.‹

›Dann gehört?‹, fragte ich.

›Nein – gehört auch nicht‹, sagte er. ›Aber da ist so ein Gefühl. Ich kann es nicht beschreiben – ich habe nichts gesehen und nichts gehört, aber ich war kurz davor, etwas zu sehen und zu hören, ganz kurz davor, das ist alles. Und etwas verfolgt mich – aber wenn ich mich umdrehe, ist da nie etwas, nur mein Schatten. Und ich habe immer das Gefühl, dass ich das Ding *gleich* sehen werde – aber das passiert nie – nicht wirklich – es ist immer gerade nicht mehr sichtbar.‹

Ich dachte, er habe zu viel gearbeitet – und versuchte ihn aufzumuntern, indem ich die Sache leicht nahm. Das seien nur die Nerven, sagte ich. Dann sagte er, er habe gedacht, ich könne ihm helfen, und ob ich glaubte, dass jemand, dem er unrecht getan habe, ihn mit einem Fluch belegt haben könne, und ob ich an Flüche glaubte. Ich verneinte – und die einzige Person, der er unrecht getan haben könnte, vergäbe ihm großzügig, das wisse ich, falls es überhaupt etwas zu vergeben gäbe. Also sagte ich ihm auch das.«

Ich, nicht die Jüngste von uns, wusste den Namen der Person, die Unrecht erfahren und vergeben hatte.

»Also schlug ich ihm vor, Mabel aus dem Haus wegzubringen und ganz neu anzufangen. Aber er lehnte ab; Mabel habe alles eingerichtet, und er könne sie gerade jetzt nicht fortbringen, ohne alles erklären zu müssen – ›und vor allem‹, sagte er, ›darf sie nicht wissen, dass etwas nicht stimmt. Ich glaube, ich werde mir nicht mehr ganz so verrückt vorkommen, nachdem du nun hier bist.‹

Also sagten wir einander gute Nacht.«

»Ist das die ganze Geschichte?«, fragte das dritte Mädchen und bemühte sich, so zu klingen, als ob das schon eine gute Geschichte sei.

»Das ist erst der Anfang«, sagte Miss Eastwich. »Jedes Mal, wenn ich mit ihm allein war, hat er mir immer wieder dasselbe erzählt, und als ich anfing, Dinge zu bemerken, versuchte ich mir zuerst einzureden, dass die Gespräche mit ihm meine Nerven durcheinandergebracht hatten. Das Komische war, dass es nicht nur nachts war – sondern bei hellem Tageslicht – und vor allem auf den Treppen und Gängen. Auf der Treppe war das Gefühl immer so unerträglich, dass ich mir auf die Lippen beißen musste, bis sie bluteten, um nicht hinaufzurennen, so schnell ich konnte. Denn ich wusste, wenn ich das täte, würde ich oben wahnsinnig werden. Es war immer etwas hinter mir – genau, wie er gesagt hatte –, etwas, was man nur geradeso nicht sehen konnte. Und ein Geräusch, das man geradeso nicht hören konnte. Oben im Haus war ein langer Gang. Manchmal habe ich fast etwas gesehen – Sie wissen ja, wie man Dinge sieht, ohne hinzuschauen –, aber wenn ich mich umdrehte, schien das Ding herabzusinken und mit meinem Schatten zu verschmelzen. Am Ende des Ganges war ein kleines Fenster.

Unten war auch ein Gang, mit einem Schrank am einen Ende und der Küche am anderen. Eines Abends ging ich hinunter in die Küche, um für Mabel etwas Milch zu wärmen. Die Bediensteten waren schon schlafen gegangen. Als ich am Feuer stand und wartete, bis die Milch kochte, schaute ich durch die offene Tür und den Gang entlang. In jenem Haus konnte ich meinen Blick nie bei der Sache lassen, die ich gerade tat. Die Schranktür war leicht geöffnet; darin wurden leere Schachteln und dergleichen aufbewahrt. Und während ich hinsah, wusste ich, dass es jetzt kein ›Beinahe‹ mehr sein würde. Trotzdem sagte ich: ›Mabel?‹, aber nicht, weil ich dachte, es könne Mabel sein, die dort unten kauerte, halb in und halb vor dem Schrank. Das Ding war zuerst grau und dann schwarz. Und als ich ›Mabel‹ flüsterte, schien es hinunterzusinken, bis es wie eine Tintenlache auf dem Fußboden lag, und dann zog es sich von den Rändern her zusammen und schien zu fließen wie Tinte, wenn man das Papier anhebt, auf das man sie verschüttet hat; und es floss in den Schrank, bis alles davon im Schatten dort versammelt war. Ich sah es ganz deutlich dort hinfließen. Das Gas in der Küche war voll aufgedreht. Ich schrie laut auf, aber dennoch, kann ich dankbar sagen, war ich geistesgegenwärtig genug, die kochende Milch umzustoßen, sodass ich, als er die Treppe heruntereilte, meinen Schrei mit einer verbrühten Hand entschuldigen konnte. Die Erklärung beruhigte Mabel, aber am nächsten Abend sagte er:

›Warum hast du es mir nicht erzählt? Es war der Schrank. Der ganze Horror des Hauses kommt von dort heraus. Sag mir – hast du schon etwas gesehen? Oder ist es noch immer das beinahe Sehen und beinahe Hören?‹

Ich sagte: ›Zuerst musst du mir sagen, was du gesehen hast.‹ Er sagte es mir, und während er sprach, wanderte sein Blick zu den Schatten bei den Vorhängen, und ich drehte alle drei Gaslampen auf und zündete die Kerzen auf dem Kaminsims an. Dann sahen wir einander an und sagten, dass wir beide wahnsinnig seien, und dankten Gott, dass wenigstens Mabel gesund sei. Denn was er gesehen hatte, war das, was auch ich gesehen hatte.

Danach ertrug ich es nicht mehr, mit einem Schatten allein zu sein, denn ich konnte jeden Moment etwas sehen, das sich niederkauerte und hinabsank und wie eine schwarze Lache dalag und sich dann langsam in den nächsten Schatten zurückzog. Oft war dieser Schatten mein eigener. Zuerst kam das Ding nachts, aber bald gab es keine Stunde mehr, in der ich davor sicher war. Ich sah es bei Tagesanbruch und zu Mittag, in der Abenddämmerung und im Feuerschein, und immer kauerte und sank es nieder und wurde eine Lache, die in einen Schatten floss und ein Teil davon wurde. Und immer, wenn ich es sah, strengte ich meine Augen an – es stach und schmerzte. Es kam mir vor, als könnte ich es nur gerade so sehen, als müsste ich meine Sehkraft bis zum Äußersten anstrengen, um es zu sehen. Und noch immer war das Geräusch im Haus – das Geräusch, das ich gerade nicht hören konnte. Dann schließlich, früh an einem Morgen, hörte ich es doch. Es war dicht hinter mir, und es war nur ein Seufzen. Es war schlimmer als das Ding, das in die Schatten kroch.

Ich weiß nicht, wie ich es ertragen habe. Ich hätte es nicht ertragen können, wenn ich sie beide nicht so gern gehabt hätte. Aber in meinem Herzen wusste ich, dass er, wenn er mit niemandem offen sprechen könnte, verrückt werden oder es Mabel sagen würde. Sein Charakter war nicht sehr stark; er war sehr liebenswürdig und freundlich und sanft, aber nicht stark. Er ließ sich immer leicht beeinflussen. Also blieb ich und ertrug es, und wir waren sehr fröhlich und machten kleine Scherze und versuchten, lustig zu sein, wenn Mabel bei uns war. Doch wenn wir allein waren, versuchten wir nicht, lustig zu sein. Und manchmal vergingen ein oder zwei Tage, ohne dass wir etwas sahen oder hörten, und wir hätten uns vielleicht eingebildet, dass wir uns das Gesehene und Gehörte nur eingebildet hatten – aber es blieb immer das Gefühl, dass etwas im Haus war, was man gerade nicht hören und nicht sehen konnte. Manchmal versuchten wir, nicht darüber zu sprechen, aber gewöhnlich sprachen wir von nichts anderem. Und die Wochen vergingen, und Mabels Baby wurde geboren. Die Amme und der Arzt sagten, Mutter und Kind gehe es gut. Er und ich saßen an jenem Abend noch lange im Speisezimmer. Wir hatten beide seit drei Tagen nichts mehr gesehen oder gehört, unsere Sorge um Mabel war nicht mehr so groß. Wir sprachen über die Zukunft – damals erschien sie uns so viel schöner als die Vergangenheit. Wir beschlossen, dass er mit ihr ans Meer fahren solle, sobald sie genug bei Kräften wäre, und ich solle den Umzug ihrer Möbel in das neue Haus überwachen, das er schon ausgewählt hatte. Er war fröhlicher, als ich ihn seit seiner Hochzeit gesehen hatte – fast wie sein früheres Selbst. Als ich ihm gute Nacht sagte, betonte er, wie sehr ich den beiden geholfen hätte. Natürlich hatte ich nicht viel gemacht, aber ich freue mich immer noch, dass er das gesagt hat.

Dann ging ich hinauf, fast zum ersten Mal ohne das Gefühl, dass mir etwas folgte. Ich horchte an Mabels Tür. Alles war ruhig. Ich ging weiter zu meinem Zimmer, und da spürte ich, dass *doch* etwas hinter mir war. Ich drehte mich um. Dort kauerte es; es sank hinab, und die schwarze Lache schien unter der Tür von Mabels Zimmer hindurchgesogen zu werden.

Ich kehrte um und öffnete die Tür einen Spaltbreit, um zu lauschen. Es war alles still. Und dann hörte ich ein Seufzen dicht hinter mir. Ich machte die Tür auf und ging hinein. Die Amme und das Baby schliefen. Auch Mabel schlief – sie sah so hübsch aus – wie ein müdes Kind. Das Baby lag in ihrem Arm und hatte sein Köpfchen an ihre Seite geschmiegt. Da betete ich, dass Mabel nie die Schrecken erfahren würde, die er und ich erfahren hatten. Dass diese zarten Ohren immer nur hübsche Geräusche hören, diese klaren Augen immer nur hübsche Dinge sehen würden. Danach wagte ich lange nicht mehr zu beten. Denn mein Gebet wurde erhört. Sie sah und hörte nie wieder etwas auf dieser Welt. Und nun konnte ich weder für ihn noch für sie noch etwas tun.

Als sie in ihren Sarg gelegt worden war, entzündete ich Wachskerzen um sie herum und legte die schrecklichen weißen Blumen neben sie, die die Leute schicken, und dann sah ich, dass er mir gefolgt war. Ich nahm ihn an der Hand, um ihn wegzuführen.

An der Tür drehten wir uns beide um. Es kam uns vor, als

hätten wir ein Seufzen gehört. Er wollte schon zu ihr eilen, in ich weiß nicht welcher wahnsinnigen, frohen Hoffnung. Aber in jenem Augenblick sahen wir es beide. Zwischen uns und dem Sarg, zuerst grau, dann schwarz, kauerte es einen Moment lang, dann sank es hinab und verflüssigte sich – und sammelte sich und zog sich zusammen, bis es in den nächsten Schatten floss. Und der nächste Schatten war der von Mabels Sarg. Am folgenden Tag reiste ich ab. Seine Mutter kam. Sie hatte mich nie gemocht.«

Miss Eastwich hielt inne. Ich glaube, sie hatte uns völlig vergessen.

»Haben Sie ihn nicht wiedergesehen?«, fragte die Jüngste von uns allen.

»Nur ein Mal«, antwortete Miss Eastwich, »und damals kauerte etwas Schwarzes zwischen ihm und mir. Aber das war nur seine zweite Frau, die an seinem Sarg weinte. Dies ist keine erfreuliche Geschichte, nicht wahr? Und sie führt nirgendwo hin. Ich habe noch nie jemandem davon erzählt. Ich glaube, der Anblick seiner Tochter hat mich an all das erinnert.«

Sie sah zur Tür des Ankleidezimmers.

»Mabels Baby?«

»Ja – und genau wie Mabel, nur mit seinen Augen.«

Die Jüngste von allen hielt Miss Eastwichs Hände und tätschelte sie.

Auf einmal riss die Frau ihre Hände weg und richtete sich zu ihrer vollen, hageren Größe auf, mit verkrampften Händen und angestrengtem Blick. Sie schaute auf etwas, was wir nicht sehen konnten, und ich weiß, was der Mann in der Bibel meinte, als er sagte: »Es standen mir die Haare zu Berge an meinem Leibe.«

Was sie sah, schien nicht ganz so hoch zu sein wie die Türklinke des Ankleidezimmers. Ihre Augen folgten dem Etwas nach unten, weiter nach unten – und wurden größer und größer. Mein Blick folgte ihrem – alle Sehnerven bis zum Äußersten angestrengt –, und ich sah beinahe – oder sah ich es tatsächlich? Ich kann nicht sicher sein. Aber wir alle hörten das lang gezogene, bebende Seufzen. Und jeder von uns kam es so vor, als würde es direkt hinter uns ausgestoßen werden.

Ich war diejenige, die nach der Kerze griff – sie tropfte mir auf die zitternde Hand – und von Miss Eastwich zu dem Mädchen gezogen wurde, das bei der zweiten schnellen Tanzrunde in Ohnmacht gefallen war. Aber es war die Jüngste von allen, die ihre schlanken Arme um die Haushälterin legte, als wir uns abwandten, und die sie seither noch viele Male um sie gelegt hat, in dem neuen Zuhause, in dem sie für die Jüngste von uns den Haushalt führt.

Der Arzt, der am Morgen kam, sagte, dass Mabels Tochter an einer Herzkrankheit gestorben sei – die sie von ihrer Mutter geerbt habe. Deshalb sei sie auch bei der zweiten schnellen Tanzrunde in Ohnmacht gefallen. Aber ich frage mich manchmal, ob sie nicht etwas von ihrem Vater geerbt haben mochte. Den Ausdruck ihres toten Gesichts konnte ich nie vergessen.

Algernon Blackwood

Der Seesack

Als an jenem dunklen Dezembernachmittag die Worte »nicht schuldig« durch den überfüllten Gerichtssaal klangen, wurde Arthur Wilbraham, der große Kronanwalt für Strafsachen und Anführer der siegreichen Verteidigung, von seinem Juniorpartner vertreten. Doch Johnson, sein Privatsekretär, trug das Urteil wie der Blitz hinüber in seine Kanzlei.

»Wie wir erwartet hatten«, sagte der Anwalt ungerührt, »und ich persönlich bin froh, dass der Fall beendet ist.« Er schien nicht besonders erfreut darüber, dass seine Verteidigung des Mörders John Turk durch den Einwand der Schuldunfähigkeit erfolgreich gewesen war, denn zweifellos spürte er wie jeder, der den Fall verfolgt hatte, dass niemand den Galgen je mehr verdient gehabt hätte.

»Ich bin auch froh«, sagte Johnson. Er hatte im Gerichtssaal zehn Tage lang in das Gesicht des Mannes geblickt, der mit gefühlloser Präzision einen der brutalsten und kaltblütigsten Morde der letzten Jahre begangen hatte.

Der Anwalt schaute zu seinem Sekretär auf. Sie waren nicht nur Arbeitgeber und Arbeitnehmer, sondern aus familiären und anderen Gründen auch Freunde. »Ach, ich erinnere mich; ja«, sagte er mit einem warmen Lächeln, »und du willst über Weihnachten verreisen? Du gehst in den Alpen eislaufen und Ski fahren, nicht wahr? Wenn ich in deinem Alter wäre, würde ich mitkommen.«

Johnson lachte auf. Er war ein junger Mann von sechsundzwanzig Jahren mit einem zarten, mädchenhaften Gesicht. »Jetzt kann ich das Boot morgen Früh nehmen«, sagte er; »aber nicht deswegen bin ich froh, dass die Verhandlung vorbei ist. Ich bin froh, dass sie vorbei ist, weil ich das schreckliche Gesicht dieses Mannes nicht mehr sehen muss. Es hat mich regelrecht verfolgt. Die weiße Haut mit dem schwarzen, tief in die Stirn gekämmten Haar werde ich nie vergessen, und die Beschreibung der zerstückelten Leiche, hineingestopft und mit Kalk eingepackt in diesen ...«

»Halte dich nicht damit auf, mein Lieber«, unterbrach ihn der andere und musterte ihn mit seinem scharfen Blick, »denk nicht mehr daran. Solche Bilder kommen gern genau dann zurück, wenn man sie am wenigsten gebrauchen kann.« Er hielt einen Augenblick inne. »Geh jetzt«, fuhr er dann fort, »und genieß deinen Urlaub. Ich werde deine ganze Energie für meine Parlamentsarbeit brauchen, wenn du zurück bist. Und brich dir beim Skifahren nicht den Hals.«

Johnson schüttelte ihm die Hand und verabschiedete sich. An der Tür drehte er sich plötzlich noch einmal um.

»Jetzt fällt mir ein, was ich dich noch fragen wollte«, sagte er. »Könntest du mir vielleicht einen Seesack leihen? Heute Abend kann ich keinen mehr kaufen, und morgen Früh breche ich auf, bevor die Läden geöffnet haben.«

»Selbstverständlich, ich schicke Henry damit zu dir. Sobald ich zu Hause bin, bekommst du ihn.«

»Ich verspreche, gut darauf aufzupassen«, sagte Johnson

dankbar und dachte mit Freude daran, dass er sich in dreißig Stunden schon dem strahlenden Sonnenschein der Hochalpen im Winter nähern würde. Der Gedanke an das Strafgericht kam ihm vor wie ein böser Traum.

Er aß in seinem Club zu Abend und fuhr weiter nach Bloomsbury, wo er im obersten Stockwerk eines dieser alten, kargen Häuser wohnte, in denen die Räume groß und hoch sind. Das Stockwerk unter seinem war leer und unmöbliert, und darunter wohnten andere Mieter, die er nicht kannte. Es wirkte trostlos, und er freute sich von Herzen auf eine Veränderung. Der Abend war sogar noch trostloser, richtig trübselig, und es waren nur wenige Leute unterwegs. Ein kalter, graupeliger Regen wurde vom schärfsten Ostwind, den Johnson je gespürt hatte, durch die Straßen getrieben. Er heulte kläglich um die hohen, düsteren Häuser an den großen Plätzen, und als Johnson sein Domizil erreichte, hörte er ihn über die Welt der schwarzen Dächer vor seinen Fenstern pfeifen und wüten.

In der Eingangshalle traf er seine Vermieterin, die mit ihrer dünnen Hand eine Kerze vor dem Luftzug abschirmte. »Das hier hat'n Mann von Mr Wilbr'im gebracht, Sir.«

Sie zeigte auf etwas, das offensichtlich der Seesack war, und Johnson dankte ihr und nahm ihn mit nach oben. »Morgen Früh verreise ich für zehn Tage ins Ausland, Mrs Monks«, sagte er. »Ich hinterlasse eine Adresse für Briefe.«

»Na, da wünsch ich Ihn' frohe Weihnachten, Sir«, sagte sie mit einer rauen, keuchenden Stimme, die auf Alkohol hindeutete, »und bess'res Wetter als das hier.«

»Das will ich hoffen«, antwortete ihr Mieter und erschauderte leicht, während der Wind draußen durch die Straße toste.

Als er oben ankam, hörte er die Graupeln an die Fensterscheiben schlagen. Er setzte Wasser auf, um sich einen heißen Kaffee zu machen, und begann dann, ein paar Dinge für seine Abwesenheit zu regeln. »Und jetzt muss ich packen – was ich eben zu packen habe«, lachte er vor sich hin und machte sich sogleich an die Arbeit.

Das Packen machte ihm Spaß, denn er sah die verschneiten Berge dabei ganz deutlich vor sich und vergaß die unschönen Szenen der letzten zehn Tage. Außerdem war es nicht allzu schwierig. Sein Freund hatte ihm das Wichtigste geliehen – einen robusten Leinen-Seesack, mit Löchern am oberen Saum für den Messingbügel und das Vorhängeschloss. Er war zwar ein bisschen unförmig und sah nicht nach viel aus, aber er fasste unendlich viel, und man musste nicht sorgfältig packen. Johnson steckte seinen wasserfesten Mantel, die Fellmütze und die Handschuhe hinein, seine Schlittschuhe und Bergstiefel, seine Pullover, Schneestiefel und Ohrenschützer, und dann türmte er obenauf seine Wollhemden und -Unterwäsche, seine dicken Socken, Wickelgamaschen und Knickerbocker. Als Nächstes kam der Gesellschaftsanzug, für den Fall, dass sich die Leute im Hotel fürs Abendessen fein machten, und dann, während er überlegte, wie er seine weißen Hemden am besten einpacken konnte, hielt er kurz inne, um nachzudenken. »Das ist das Schlimmste an diesen Seesäcken«, sinnierte er in der Mitte des Wohnzimmers stehend vor sich hin, wohin er gegangen war, um ein Stück Schnur zu holen.

Es war nach zehn Uhr. Ein wütender Windstoß rüttelte an den Fenstern, wie um ihn zur Eile anzutreiben, und er dachte mitleidig an die armen Londoner, die Weihnachten in einem solchen Klima verbringen würden, während er im strahlenden Sonnenschein über schneebedeckte Abhänge glitt und abends mit rotwangigen Mädchen tanzte ... Ach! Da fiel ihm ein: Er musste seine Tanzschuhe und Abendsocken einpacken. Er ging aus dem Wohnzimmer zum Schrank auf dem Treppenabsatz, in dem er seine Wäsche aufbewahrte.

Und dabei hörte er jemanden leise die Treppe heraufkommen.

Er blieb einen Augenblick lang auf dem Treppenabsatz stehen, um zu horchen. Es war Mrs Monks Schritt, dachte er; sie kam wohl mit der letzten Post herauf. Aber dann verstummten die Schritte plötzlich, und er hörte nichts mehr. Sie waren mindestens zwei Treppen tiefer, und er kam zu dem Schluss, dass sie zu schwer waren, um von seiner trinkfreudigen Vermieterin stammen zu können. Sicher gehörten sie einem spät heimgekehrten Mieter, der sich im Stockwerk geirrt hatte. Johnson ging in sein Schlafzimmer und packte seine Schuhe und feinen Hemden ein, so gut er konnte.

Der Seesack war inzwischen zu zwei Dritteln gefüllt und stand aufrecht auf seinem eigenen Boden wie ein Mehlsack. Jetzt erst fiel Johnson auf, dass die Tasche alt und schmutzig war, das Leinen ausgebleicht und abgewetzt, und man sie offensichtlich sehr grob behandelt hatte. Es war kein sehr schöner Sack, der ihm da geschickt worden war – gewiss kein neuer und keiner, der seinem Vorgesetzten etwas bedeutete. Er dachte flüchtig darüber nach und packte weiter. Ein oder zwei Mal erwischte er sich jedoch dabei, wie er überlegte, wer wohl da unten herumgegangen war, denn Mrs Monks war nicht mit Briefen heraufgekommen, und das Stockwerk war leer und unmöbliert. Von Zeit zu Zeit war er überdies fast sicher, dass er die leisen Schritte von jemandem hörte, der über die nackten Dielen schlich – vorsichtig, heimlich, so lautlos wie möglich –, und dass das Geräusch außerdem seit einer Weile deutlich näher kam.

Zum ersten Mal in seinem Leben wurde es ihm ein wenig unheimlich. Dann, wie um dieses Gefühl zu verstärken, geschah etwas Merkwürdiges: Als er gerade seine widerspenstigen weißen Hemden eingepackt hatte und das Schlafzimmer verließ, bemerkte er, dass der obere Teil des Seesacks zu ihm herüberhing und einem menschlichen Gesicht außergewöhnlich ähnlich sah. Das Leinen warf eine Falte wie Nase und Stirn, und die Messingringe für das Vorhängeschloss fielen genau an die Stelle der Augen. Ein Schatten – oder war es eine Verschmutzung von einer Reise? Denn er konnte es nicht sicher sagen – sah aus wie Haare. Er erschreckte sich ganz schön, denn es erinnerte so absurd, so ungeheuerlich an das Gesicht des Mörders John Turk.

Er lachte und ging ins Wohnzimmer, wo das Licht heller war.

»Dieser grässliche Fall ist mir zu Kopf gestiegen«, dachte er. »Der Tapetenwechsel und die frische Luft werden mir guttun.« Im Wohnzimmer jedoch stellte er zu seinem Missfallen fest, dass er wieder die heimlichen Schritte auf den Treppen hörte. Sie klangen viel näher als zuvor und waren zweifelsohne keine Einbildung. Diesmal stand er auf und ging hinaus, um zu sehen, wer es sein konnte, der sich da zu so später Stunde im oberen Treppenhaus herumtrieb.

Aber das Geräusch verstummte; auf der Treppe war niemand zu sehen. Er ging, nicht ohne Beklommenheit, zum Stockwerk unter seinem und drehte das elektrische Licht an, um sich zu vergewissern, dass sich niemand in den leeren Zimmern der unbewohnten Wohnung versteckte. Es gab kein einziges Möbelstück, das groß genug gewesen wäre, um auch nur einen Hund zu verbergen. Dann rief er übers Treppengeländer nach

Mrs Monks, bekam aber keine Antwort, und seine Stimme hallte in die dunklen Tiefen des Hauses hinunter, verlor sich im Tosen des Sturms, der draußen heulte. Alle waren im Bett und schliefen – alle außer ihm und dem Verursacher dieser leisen und heimlichen Schritte.

»Wahrscheinlich meine alberne Fantasie«, dachte er. »Es muss wohl doch der Wind gewesen sein, aber – es kam mir wirklich *so* real und nah vor.« Er machte sich wieder ans Packen. Inzwischen war es gegen Mitternacht. Er trank seinen Kaffee aus und zündete sich noch eine Pfeife an – die letzte vor dem Schlafengehen.

Es ist schwer zu sagen, an welchem Punkt genau die Angst beginnt, wenn man die Gründe jener Angst nicht klar vor Augen hat. Eindrücke sammeln sich Schicht um Schicht im Inneren an wie Eis auf einem stillen Gewässer, aber oft so leicht, dass sie vom Bewusstsein nicht klar erkannt werden. Dann wird ein Punkt erreicht, an dem die gehäuften Eindrücke zu einem deutlichen Gefühl werden, und man merkt, dass etwas geschehen ist. Mit Schrecken stellte Johnson plötzlich fest, dass er nervös war – ungewöhnlich nervös; und dass sich die Gründe für dieses Gefühl seit einiger Zeit langsam in seinem Inneren angesammelt hatten, er aber gerade erst den Punkt erreicht hatte, an dem er gezwungen war, sie anzuerkennen.

Ein eigenartiges und merkwürdiges Unbehagen hatte ihn überkommen, und er wusste nicht recht, was er davon halten sollte. Er hatte das Gefühl, als täte er etwas, wogegen ein anderer Mensch deutliche Einwände erhob, ein anderer Mensch überdies, der ein gewisses Recht hatte, Einwände zu erheben. Es war ein äußerst verstörendes und unangenehmes Gefühl, nicht unähnlich den beständigen Mahnungen des Gewissens:

sogar fast so, als täte er etwas, wovon er wusste, dass es falsch war. Doch obwohl er sich angestrengt und ehrlich den Kopf zerbrach, bekam er das Geheimnis dieses wachsenden Unwohlseins nicht zu fassen, und es verwirrte ihn. Mehr noch, es beunruhigte und ängstigte ihn.

»Wahrscheinlich eine reine Nervensache«, sagte er laut mit einem erzwungenen Lachen. »Die Bergluft wird mich heilen! Ach«, fügte er noch immer zu sich selbst hinzu, »da fällt mir ein: meine Skibrille.«

Während dieses kurzen Selbstgesprächs stand er an der Schlafzimmertür, und als er schnell zum Wohnzimmer ging, um sie aus dem Schrank zu holen, sah er aus dem Augenwinkel den undeutlichen Umriss einer Gestalt auf der Treppe, wenige Fuß vom oberen Ende entfernt. Es war jemand in gebeugter Haltung, mit einer Hand am Geländer, das Gesicht nach oben zum Treppenabsatz gerichtet. Und dazu hörte er schlurfende Schritte. Die Person, die sich die ganze Zeit lang unten herumgedrückt hatte, war schließlich zu seinem Stockwerk heraufgekommen. Wer um alles in der Welt konnte das sein? Und was um Himmels willen wollte er?

Johnson schnappte nach Luft und stand stockstill. Dann, nachdem er ein paar Sekunden lang gezögert hatte, nahm er seinen Mut zusammen, drehte sich um und sah sich die Sache genauer an. Die Treppe war, wie er zu seinem größten Erstaunen feststellte, leer; dort war niemand. Er spürte, wie ihm mehrere kalte Schauer über den Rücken liefen, und etwas in den Muskeln seiner Beine gab ein wenig nach und wurde schwach. Mehrere Minuten lang blickte er starr in die Schatten, die sich am oberen Ende der Treppe versammelten, wo er die Gestalt gesehen hatte, und dann schritt er schnell – rannte sogar fast – ins

Licht im Wohnzimmer. Doch er war kaum durch die Tür getreten, als er hörte, wie jemand hinter ihm mit einem flinken Satz die Treppe heraufkam und rasch in sein Schlafzimmer ging. Es waren schwere, doch zugleich heimliche Schritte – die Schritte von jemandem, der nicht gesehen werden wollte. Und genau in diesem Moment überschritt die Nervosität, die er bisher verspürt hatte, die Grenze und ging in den Zustand der Angst, fast maßloser, irrationaler Angst, über. Bevor sie zu Panik wurde, musste eine weitere Grenze überschritten werden, und dahinter wiederum lag das Reich des blanken Horrors. Johnsons Lage war wenig beneidenswert.

»Um Himmels willen, dann war doch jemand auf der Treppe«, murmelte er, während er am ganzen Körper Gänsehaut bekam, »und wer auch immer das war, ist jetzt in mein Schlafzimmer gegangen.« Sein zartes, blasses Gesicht wurde kreideweiß, und einige Minuten lang wusste er kaum, was er denken oder tun sollte. Dann wurde ihm intuitiv klar, dass Angst durch Verzögerung nur größer wurde, und er überquerte beherzt den Treppenabsatz und ging geradewegs ins andere Zimmer, wo die Schritte wenige Sekunden zuvor verklungen waren.

»Wer ist da? Sind Sie das, Mrs Monks?«, rief er dabei laut und hörte, wie die erste Hälfte seiner Worte die leere Treppe hinunterhallte, während die zweite Hälfte von den Vorhängen eines Raums geschluckt wurde, in dem es anscheinend keine andere menschliche Gestalt außer seiner eigenen gab.

»Wer ist da?«, rief er wieder, mit unnötig lauter Stimme, die nur gerade noch fest blieb. »Was wollen Sie hier?«

Die Vorhänge bewegten sich ganz leicht, und als er das sah, schien sein Herz fast einen Schlag auszusetzen, dennoch sprang er vorwärts und zog sie eilig beiseite. Er sah nur ein vom Regen triefendes Fenster. Vergeblich setzte er seine Suche fort: Die Schränke enthielten nichts als Reihen reglos hängender Kleider, und auch unter dem Bett schien sich niemand zu verstecken. Er trat rückwärts in die Mitte des Zimmers, und dabei brachte ihn fast etwas zum Stolpern. Mit einem plötzlichen, erschrockenen Satz drehte er sich um und sah ... den Seesack.

»Seltsam!«, dachte er. »Dort habe ich ihn nicht gelassen!« Wenige Augenblicke zuvor war er ganz sicher rechts von ihm gewesen, zwischen dem Bett und dem Bad; Johnson erinnerte sich nicht, ihn bewegt zu haben. Es war sehr merkwürdig. Was um alles in der Welt ging hier vor? Spielten alle seine Sinne verrückt? Ein heftiger Windstoß rüttelte an den Fenstern, schmetterte die Graupeln mit der Kraft von Schrotkugeln gegen das Glas und floh dann grässlich heulend über die Einöde der Dächer Bloomsburys. Ein plötzlicher Gedanke an den Ärmelkanal am nächsten Tag schoss ihm in den Kopf und holte ihn abrupt in die Realität zurück.

»Auf jeden Fall ist hier niemand, das ist ganz klar!«, rief er. Doch während er die Worte aussprach, wusste er zweifelsfrei, dass sie nicht stimmten und er sie selbst nicht glaubte. Er hatte ganz deutlich das Gefühl, als würde sich jemand in seiner Nähe verstecken, jede seiner Bewegungen beobachten und versuchen, ihn auf irgendeine Weise am Packen zu hindern. »Und zwei meiner Sinne«, fügte er hinzu, um den Schein zu wahren, »haben mir die absurdesten Streiche gespielt: Die Schritte, die ich gehört, und die Gestalt, die ich gesehen habe, waren beides reine Einbildung.«

Er ging zurück ins Wohnzimmer, schürte das Feuer, bis es aufloderte, und setzte sich davor, um nachzudenken. Was ihn mehr beschäftigte als alles andere war die Tatsache, dass der Seesack nicht mehr dort lag, wo er ihn gelassen hatte. Er war näher an die Tür gezogen worden.

Was später in jener Nacht geschah, geschah selbstverständlich einem Mann, der schon von Angst überreizt war, und wurde von einem Verstand wahrgenommen, der daher nicht die volle und richtige Kontrolle über die Sinne hatte. Äußerlich blieb Johnson ruhig und bis zum Ende Herr seiner selbst, indem er bis ganz zum Schluss so tat, als hätte alles, was er erlebte, eine natürliche Erklärung oder wäre eine bloße Täuschung seiner müden Nerven. Aber innerlich, tief in seinem Herzen, wusste er die ganze Zeit über, dass sich jemand unten in der leeren Wohnung versteckt hatte, als er nach Hause kam, dass diese Person ihre Gelegenheit abgepasst hatte und dann heimlich hinauf ins Schlafzimmer geschlichen war und dass alles, was er danach sah und hörte – vom Bewegen des Seesacks bis zu … nun ja, zu den anderen Dingen, die diese Geschichte noch zu erzählen hat –, direkt durch die Anwesenheit dieser unsichtbaren Person verursacht worden war.

Und hier, gerade als er sich am meisten wünschte, seinen Verstand und seine Gedanken unter Kontrolle zu halten, kamen die lebhaften Bilder, die seine geistigen Platten Tag für Tag im Gerichtssaal des Old Bailey aufgenommen hatten, deutlich zum Vorschein und wurden in der Dunkelkammer seines inneren Auges entwickelt. Unangenehme, quälende Erinnerungen neigen dazu, genau dann wieder lebendig zu werden, wenn der Verstand sie am wenigsten gebrauchen kann – in stillen, durchwachten Nachtstunden, auf schlaflosen Kissen, in einsamen Stunden an Kranken- und Sterbebetten. Und so, auf dieselbe Weise, sah Johnson nun nichts anderes als das scheußliche Gesicht des Mörders John Turk, der ihn aus jeder Ecke seines geistigen Blickfelds drohend ansah; die weiße Haut, die bösartigen Augen und den schwarzen Haarschopf tief in der Stirn. All die Bilder dieser zehn Tage vor Gericht strömten ungebeten und sehr lebhaft wieder in seinen Kopf.

»So ein Unsinn! Das sind die Nerven«, rief er schließlich und sprang mit plötzlicher Energie von seinem Sessel auf. »Ich packe jetzt fertig und gehe ins Bett. Ich bin überarbeitet, übermüdet. Keine Frage, unter diesen Umständen werde ich die ganze Nacht lang Schritte hören und Dinge sehen!«

Aber sein Gesicht war dennoch leichenblass. Er schnappte sich sein Fernglas, ging hinüber zum Schlafzimmer und summte dabei einen Music-Hall-Song – eine Spur zu laut, um natürlich zu sein; und sobald er über die Schwelle trat und im Raum stand, wurde etwas in seinem Herzen kalt, und er spürte, wie ihm jedes Haar auf dem Kopf zu Berge stand.

Der Seesack lag dicht vor ihm, mehrere Fuß näher an der Tür, als wo er ihn gelassen hatte, und knapp über seinem faltigen oberen Ende sah er einen Kopf langsam außer Sichtweite hinuntersinken, als würde jemand dahinter kauern, um sich zu verstecken, und im selben Augenblick war ein Geräusch wie ein lang gezogenes Seufzen deutlich hörbar in der stillen Luft um ihn herum, zwischen den Sturmböen draußen.

Johnson besaß mehr Mut und Willenskraft, als die mädchenhafte Unentschlossenheit in seinem Gesicht vermuten ließ, aber zunächst überkam ihn eine solche Welle der Panik, dass er einige Sekunden lang nichts tun konnte, als starrend stehen zu bleiben. Ein heftiger Schauder lief ihm den Rücken und die Beine hinunter, und er verspürte einen albernen, fast hysterischen Impuls, laut zu schreien. Der Seufzer schien buchstäblich in seinem Ohr zu sein, und die Luft bebte noch davon. Es war unverkennbar ein menschlicher Seufzer.

»Wer ist da?«, fragte er schließlich, nachdem er seine Stimme wiedergefunden hatte, doch obwohl er laut und entschlossen sprechen wollte, kam stattdessen ein schwaches Flüstern heraus, denn er hatte die Kontrolle über seine Zunge und seine Lippen fast völlig verloren.

Er trat vor, sodass er um den Seesack herum und darüber schauen konnte. Natürlich war dort nichts, nichts als der verblasste Teppich und die ausgebeulten Seiten des Leinensacks. Er streckte die Hände aus und öffnete den Sack, der am oberen Ende zusammenfiel, weil er nur zu drei Vierteln voll war, und dann sah Johnson zum ersten Mal, dass rings um die Innenseite, etwa sechs Zoll vom Rand, die breite, mattrote Spur einer Flüssigkeit verlief. Es war ein alter und verblasster Blutfleck. Johnson stieß einen Schrei aus und zog die Hände zurück, als ob er sie sich verbrannt hätte. Im selben Augenblick machte der Seesack einen schwachen, aber unverkennbaren Ruck nach vorn zur Tür.

Johnson stürzte nach hinten, suchte mit den Händen einen festen Halt, und die Tür, die weiter hinter ihm war, als er gedacht hatte, fing sein Gewicht gerade noch auf, sodass er nicht hinfiel, und schloss sich mit einem lauten Knall. Im selben Augenblick berührte er mit seinem fuchtelnden linken Arm versehentlich den elektrischen Schalter, und das Licht im Zimmer ging aus.

Es war eine unangenehme und missliche Lage, und hätte Johnson nicht echten Mumm besessen, hätte er alle möglichen Dummheiten machen können. So jedoch riss er sich zusammen und tastete fahrig nach dem kleinen Messingknopf, um das

Licht wieder anzudrehen. Aber das schnelle Schließen der Tür hatte die daran hängenden Mäntel zum Schwingen gebracht, und seine Finger verfingen sich in einem Gewirr aus Ärmeln und Taschen, sodass es ein paar Augenblicke dauerte, bis er den Schalter fand. Und während jener wenigen Augenblicke der Verwirrung und Panik geschahen zwei Dinge, die ihn unwiderruflich über die Grenze in das Reich des wahren Horrors schickten: Er hörte deutlich, wie der Seesack ruckweise und schwer über den Fußboden schleifte, und dicht vor seinem Gesicht ertönte wieder das Seufzen eines Menschen.

In seinen qualvollen Bemühungen, den Messingknopf an der Wand zu finden, schabte er sich fast die Nägel von den Fingern, aber selbst dann noch, in diesen wahnsinnigen Schreckensmomenten – so rasch und wach nimmt ein Verstand, von einer lebhaften Emotion geschärft, Eindrücke auf – hatte er noch Zeit zu denken, dass er die Rückkehr des Lichts fürchtete und es vielleicht besser für ihn wäre, unter dem gnadenvollen Schirm der Dunkelheit verborgen zu bleiben. Es war jedoch nur eine flüchtige Eingebung, und bevor er Zeit hatte, entsprechend zu handeln, hatte er automatisch dem ursprünglichen Wunsch nachgegeben, und der Raum wurde wieder von Licht durchflutet.

Doch der zweite Instinkt war richtig. Es wäre besser für ihn gewesen, im Schutz der gütigen Dunkelheit zu verharren. Denn dort, dicht vor ihm, über den halb gepackten Seesack gebeugt, klar wie das Leben im gnadenlosen Schein des elektrischen Lichts, stand die Gestalt des Mörders John Turk. Keine drei Fuß von ihm entfernt war der Mann; der schwarze Haarschopf deutlich erkennbar vor der blassen Stirn, das ganze schreckliche Bild des Schurken so lebendig, wie er ihn Tag für Tag im Old

Bailey gesehen hatte, als er dort hinter der Anklagebank stand, zynisch und gefühllos, im Schatten des Galgens.

Schlagartig begriff Johnson, was all das bedeutete: der schmutzige und abgenutzte Sack; der rote Fleck unter dem Rand; der miserable Zustand der ausgebeulten Seiten. Er erinnerte sich, dass die Leiche des Opfers in einen Leinensack gestopft worden war, um sie zu vergraben, die grässlichen, zerstückelten Teile mit Kalk in genau diese Tasche gezwängt; und die Tasche selbst war ein Beweisstück gewesen – all das fiel ihm glasklar wieder ein.

Ganz leise und heimlich tastete er hinter sich nach dem Türknauf, aber bevor er daran drehen konnte, geschah genau das, was er am meisten fürchtete, und John Turk hob sein Teufelsgesicht und sah ihn an. Im selben Augenblick glitt der schwere Seufzer, irgendwie zu Worten geformt, durch die Luft im Raum: »Das ist meine Tasche. Und ich will sie haben.«

Johnson erinnerte sich nur, wie er die Tür aufriss und dann auf dem Treppenabsatz zusammenbrach, als er verzweifelt versuchte, ins Wohnzimmer zu gelangen.

Er blieb lange Zeit bewusstlos, und es war noch dunkel, als er die Augen öffnete und merkte, dass er steif und wund auf den kalten Dielen lag. Dann erinnerte er sich schlagartig an das, was er gesehen hatte, und fiel gleich wieder in Ohnmacht. Als er zum zweiten Mal erwachte, begann die winterliche Morgendämmerung gerade, zu den Fenstern hereinzuscheinen, und tauchte die Treppe in ein freudloses, bedrückendes Grau, und es gelang ihm, ins vordere Zimmer zu kriechen und sich auf dem Sessel mit einem Mantel zuzudecken, wo er schließlich einschlief.

Ein Geschrei weckte ihn. Er erkannte Mrs Monks' Stimme, laut und redselig.

»Was! Sie warn ja gar nich im Bett, Sir! Sind Sie krank, oder is was passiert? Und da is jemand, der Sie dringend sprechen will, obwohl's noch nich mal sieben is, und ...«

»Wer ist es?«, stammelte er. »Mir geht es gut, danke. Bin wohl hier im Sessel eingeschlafen.«

»Jemand von Mr Wilb'rim, und er sagt, er muss Sie schnell sprechen, bevor Sie abreisen, und ich hab ihm gesagt ...«

»Bitte lassen Sie ihn sofort heraufkommen«, sagte Johnson. Ihm war schwindelig, und sein Kopf war noch immer voller schrecklicher Visionen.

Mr Wilbrahams Bote trat unter zahlreichen Entschuldigungen ein und erklärte kurz und knapp, dass ein völlig unverständlicher Fehler passiert und am Vorabend der falsche Seesack hergeschickt worden sei.

»Henry hat aus irgendeinem Grund den erwischt, der aus dem Gericht gekommen war, und Mr Wilbraham ist das erst aufgefallen, als er seinen eigenen in seinem Zimmer gesehen und gefragt hat, warum er nicht bei Ihnen ist«, erzählte der Mann.

»Oh!«, sagte Johnson benommen.

»Und Ihnen muss Henry stattdessen den von dem Mordfall gebracht haben, Sir, fürchte ich«, fuhr der Mann völlig ausdruckslos fort. »Den, in den John Turk die Leiche gesteckt hatte. Mr Wilbraham ist das furchtbar unangenehm, Sir, und er hat mich beauftragt, heute Morgen so früh wie möglich mit dem richtigen herzukommen, weil Sie ja das Boot nehmen wollen.«

Er zeigte auf einen sauberen Seesack auf dem Fußboden, den er gerade gebracht hatte. »Und den anderen soll ich wieder mitnehmen, Sir«, fügte er beiläufig hinzu.

Einige Minuten lag verschlug es Johnson die Sprache. Schließlich deutete er in Richtung seines Schlafzimmers. »Vielleicht wären Sie so freundlich, ihn für mich auszupacken. Legen Sie einfach alles auf den Fußboden.«

Der Mann verschwand ins andere Zimmer und blieb fünf Minuten lang fort. Johnson hörte das Hin- und Herschieben des Seesacks und das Poltern beim Auspacken der Schlittschuhe und Stiefel.

»Ich danke Ihnen, Sir«, sagte der Mann, als er mit der gefalteten Tasche auf dem Arm zurückkehrte. »Kann ich sonst noch etwas für Sie tun, Sir?«

»Was ist?«, fragte Johnson, weil er ihm ansah, dass er noch etwas loswerden wollte.

Der Mann scharrte mit den Füßen und tat geheimnisvoll. »Entschuldigen Sie, Sir, aber da Sie ja den Turk-Fall verfolgt haben, dachte ich, Sie möchten vielleicht wissen, was passiert ist …«

»Ja.«

»John Turk hat sich gestern Abend vergiftet, direkt nachdem er freigesprochen wurde, und Mr Wilbraham eine Nachricht hinterlassen, dass er ihm sehr dankbar wäre, wenn er genauso begraben würde wie die Frau, die er ermordet hat, in dem alten Seesack.«

»Um wie viel Uhr … hat er es getan?«, fragte Johnson.

»Um zehn Uhr gestern Abend, Sir, sagt der Wärter.«

D. H. Lawrence

Wer zuletzt lacht

Ein wenig Schnee bedeckte den Boden, und die Kirchturmuhr hatte gerade Mitternacht geschlagen. Hampstead sah in dieser Winternacht endlich einmal schön aus, mit sauberer, weißer Erde und Straßenlaternen als Monde und dem dunklen Himmel jenseits der Lichter.

Ein zerstreutes, leises Erklingen von Stimmen, ein Strahl versteckten gelben Lichts. Dann plötzlich öffnete sich die Tür zum Vorgarten eines großen, dunklen georgianischen Hauses, und drei Menschen traten in einem Wirrwarr hinaus. Eine junge Frau in einem dunkelblauen Mantel, mit einem Fellturban auf dem Kopf, sehr aufrecht; ein Kerl mit einem kleinen Köfferchen, schlurfend; ein dünner Mann mit rotem Bart, barköpfig, blickte von der Tür aus die Straße hinab, die sich in einer Kurve den Hügel nach London herunterwand.

»Sieh dir das an! Eine neue Welt!«, rief der Bärtige ironisch, während er auf der Schwelle stand und hinausblickte.

»Nein, Lorenzo! Das ist nur getüncht!«, rief der Mann im Mantel. Seine Stimme war angenehm, nachklingend, widerhallend, mit einem Anflug von Erschöpfung und Sarkasmus.

Als er sich umdrehte, lag sein Gesicht dunkel im Schatten.

Die Frau mit dem hoch aufgerichteten, wachsamen Kopf

(wie dem eines Vogels), drehte sich zurück zu den beiden Männern.

»Wie bitte?«, fragte sie mit ihrer schnellen, leisen Stimme.

»Lorenzo sagt, das ist eine neue Welt. Ich sage, das ist nur getüncht«, rief der Mann auf der Straße laut.

Sie stand still und hob ihren wollenen, behandschuhten Finger. Sie war taub und versuchte, es zu erfassen.

Ja, sie hatte verstanden. Sie ließ ein schnelles, kicherndes Lachen hören, blickte kurz auf den Mann mit dem Bowlerhut und dann zurück zu dem Mann im stuckbesetzten Flur, der grinste wie ein Satyr und ihnen Abschied winkte.

»Tschüss, Lorenzo!«, erklang der widerhallende, erschöpfte Ruf des Mannes mit dem Hut.

»Tschüss!«, erklang der scharfe Nachtvogelruf der Frau.

Die grüne Tür schlug zu, dann die innere. Die beiden waren allein auf der Straße, abgesehen von dem Polizisten an der Ecke. Die Straße führte in steilen Kurven bergab.

»Pass besser auf, dass du nicht ausrutscht!«, schrie der Mann mit dem Hut, zu der eleganten, aufrechten Frau geneigt, und ging mit schlurfenden Schritten weiter. Sie blieb einen Augenblick stehen, um sich zu versichern, was er gesagt hatte.

»Sorg dich nicht um mich, ich komme zurecht. Sorg dich um dich selbst!«, sagte sie schnell. In diesem Augenblick rutschte er auf dem schlüpfrigen Schnee, schaffte es aber, sich vor einem Sturz zu retten. Sie beobachtete ihn, auf Zehenspitzen der Wachsamkeit. Sein Hut sprang fort über den dünnen Schnee. Sie standen unter einer Lampe nahe der Kurve. Als er sich nach seinem Hut bückte, wurde eine kahle Stelle, beinahe wie eine Tonsur, in seinem dichten, dünnen, leicht gelockten Haar sichtbar. Und als er zu ihr aufblickte, seine dicken, schwarzen

Brauen süffisant hochgezogen, die gekrümmte Nase selbstverachtend, und sich seinen Hut wieder aufschmiss, wirkte er wie ein satanischer junger Priester. Sein Gesicht hatte schöne Linien, wie das eines Fauns, und einen zweifelnden, märtyrerhaften Ausdruck. Wie ein Faun am Kreuz, mit aller Bosheit dieser Verwicklung.

»Hast du dir wehgetan?«, fragte sie auf ihre schnelle, kühle, sachliche Art.

»Nein!«, schrie er verächtlich.

»Gib mir das Gerät, ja?«, sagte sie, ihre wollene Hand ausstreckend. »Bei mir ist es sicherer.«

»Du willst es wirklich?«, schrie er.

»Ja, ich bin mir sicher, ich stürze nicht so leicht.«

Er gab ihr den kleinen braunen Koffer, der in Wahrheit eine Marconi-Gehörmaschine gegen ihre Taubheit war. Sie ging so aufrecht wie immer. Er vergrub seine Hände tief in den Taschen seines Wintermantels und schlurfte neben ihr her, als müsste nicht auch er sich auf seinen Gang konzentrieren. Die Straße kurvte vor ihnen hinab, sauber und blass mit Schnee unter den Lampen. Ein Automobil wirbelte heran. Einige dunkle Figuren schlüpften fort in die dunklen Winkel der Häuser, wie Fische zwischen die Steine an einem Meeresgrund aus weißem Sand. Links von ihnen lehnten sich einige Bäume in die Dunkelheit hinauf.

Er blickte sich weiter um, sein klar geschnittenes Kinn und seine Adlernase vorgestreckt, als lauschte er nach etwas. Er konnte noch immer das Automobil hören auf seinem Weg hinauf zur Heath. Darunter das gelbe, übel riechende Leuchten der Hampstead Tube Station. Rechts die Bäume.

Die Frau mit ihrem wachen, weiß-und-rosafarbenen Gesicht betrachtete ihn sehr genau, neugierig. Sie hatte eine seltsame, nymphenhafte Neugierde, manchmal wie ein Vogel, manchmal wie ein Eichhörnchen, manchmal wie ein Hase; aber nie wirklich wie eine Frau. Schließlich blieb er stehen, als würde er keinen Schritt weiter wollen. Ein seltsames, überraschtes Grinsen lag auf seinem glatten, cremig weißen Gesicht.

»James«, fragte er sie laut und zu ihr geneigt, »hörst du jemanden *lachen*?«

»Lachen?«, gab sie schnell zurück. »Wer lacht?«

»Ich weiß es nicht. *Jemand*!«, brüllte er, wobei seine Zähne auf eigenartige Weise sichtbar wurden.

»Nein, ich höre niemanden«, bekräftigte sie.

»Aber es ist wirklich *außergewöhnlich*!«, rief er mit sich überschlagender Stimme. »Schalt dein Gerät ein.«

»Ich soll es einschalten?«, erwiderte sie. »Wozu?«

»Um zu testen, ob du es *hören* kannst«, rief er.

»Was hören?«

»Das *Lachen.* Jemandes Lachen. Es ist wirklich *außergewöhnlich.*«

Sie ließ ihr seltsames, kleines Kichern hören und gab ihm die Maschine. Er hielt sie, während sie den Deckel öffnete und die Kabel anbrachte, das Band um ihren Kopf legte und die Hörer an ihre Ohren presste, wie ein Radiosprecher. Schneekrümel fielen herab durch das kalte Dunkel. Sie schaltete ein; kleine gelbe Lichter in Glasröhren flammten in der Maschine auf. Sie war verbunden, sie lauschte. Er stand da mit geducktem Kopf, die Hände in seinen Manteltaschen vergraben.

Plötzlich hob er sein Gesicht und stieß das sonderbarste Lachen aus, fast ein Wiehern; seine starken, regelmäßigen Zähne entblößt, die schwarzen Brauen gewölbt, beobachtete er sie aus seltsamen, glühenden, ziegenhaften Augen.

Sie schien beinahe erschreckt.

»Da!«, sagte er. »Hast du das nicht gehört?«

»*Dich* habe ich gehört!«, sagte sie in einem Ton, der besagen sollte, dass das wahrlich genügte.

»Aber das andere hast du nicht gehört?«, rief er, während er erneut seltsam die Lippen rollte.

»Nein!«, sagte sie.

Er blickte sie rachsüchtig an, und stand wieder da mit eingezogenem Kopf. Sie hielt sich weiter aufrecht, die Pelzmütze in der Hand, ihr schönes, onduliertes Haar bedeckt mit dem Band der Gehörmaschine und Schneekrümel fangend, ihr merkwürdiges taubes Nymphengesicht mit den strahlenden Augen erhoben in konzentriertem Hören.

»Da!«, schrie er, plötzlich sein glühendes Gesicht emporwerfend. »Du willst mir sagen, du kannst das nicht …« Er blickte sie beinahe teuflisch an. Etwas anderes aber war zu viel für ihn. Sein Gesicht bekränzte sich mit einem erschreckenden, absonderlichen Lächeln, beinahe schien es zu strahlen, und dann plötzlich brach das alleraußergewöhnlichste Lachen aus ihm hervor, wie das Lachen eines Tieres. Es klang fremd für sie, wiehernd. Sie erschrak und stellte ihre Maschine leiser.

Eine große Silhouette trat hervor: ein hochgewachsener, glatt rasierter junger Polizist.

»Ein Radio?«, fragte er lakonisch.

»Nein, das ist mein Gerät. Ich bin taub!«, sagte Miss James rasch und deutlich. Jetzt merkte man ihr an, dass sie die Tochter eines Adligen war.

Der Mann mit dem Hut hob sein Gesicht und starrte den fast noch kindlich jungen Polizisten an, mit einem sonderbaren weißen Leuchten in den Augen.

»Passen Sie auf!«, sagte er deutlich. »Haben Sie jemanden lachen hören?«

»Lachen! Sie habe ich gehört, Sir.«

»Nein, *nicht* mich.« Sein Arm zuckte ungeduldig, und sein Kopf streckte sich höher. Sein glattes, cremiges Gesicht schien zu leuchten, jede seiner Linien und Konturen war im Triumph geschwungen. Er gab Acht, den Polizisten nicht direkt anzublicken. »Das außergewöhnlichste Lachen, das ich je gehört habe«, fügte er hinzu, und derselbe Klang hämischen Hochgefühls schwang in seiner Stimme.

Der Polizist schaute nachdenklich zu ihm hinab.

»Es ist alles in Ordnung«, sagte Miss James gelassen. »Er ist nicht betrunken. Er hört nur etwas, das wir nicht hören.«

»Betrunken!«, wiederholte der Mann mit Hut in sichtlich amüsiertem Spott. »Wenn ich einfach betrunken wäre ...« Und erneut brach er in sein wildes, wieherndes Tiergelächter aus, während sein abgewandtes Gesicht aufzublitzen schien.

Mit dem Geräusch des Gelächters geriet etwas in Bewegung im Blut der jungen Frau und des Polizisten. Sie standen näher beieinander, sodass ihre Ärmel sich berührten, und blickten verwundert zu dem Mann mit dem Hut hinüber. Der hob ihnen seine schwarzen Brauen entgegen:

»Wollt ihr damit sagen, dass ihr nichts gehört habt?«, fragte er.

»Nur dich«, antwortete Miss James.

»Nur Sie, Sir!«, antwortete der Polizist.

»Wie klang es denn?«, fragte Miss James.

»Ich soll es *beschreiben*?!«, entgegnete der Mann mit äußerster Herablassung. »Es ist das herrlichste Geräusch der Welt!«

Und wirklich war er wie eingehüllt von einem neuen Geheimnis.

»Woher kommt es?«, fragte Miss James sehr pragmatisch.

»*Offensichtlich*«, antwortete er verächtlich, »von dort drüben.« Und er zeigte zu den Bäumen und Büschen hinter dem Zaun auf der anderen Straßenseite.

»Na komm, dann schauen wir nach!«, sagte sie. »Ich kann meine Maschine tragen und weiter hören.«

Der Mann schien froh, die Last loszuwerden. Er schob seine Hände wieder in seine Taschen und stieg über die Straße hinweg bergan. Der Polizist, mit einem sonderbaren Flimmern auf seinem jungen Gesicht, legte seine Hand vorsichtig und zart auf den Arm der Frau, um ihr zu helfen. Sie lehnte sich überhaupt nicht in die Stütze der großen Hand, war aber doch interessiert, und wies sie nicht ab. Obwohl sie ihr ganzes Leben lang jeden körperlichen Kontakt strikt zurückgewiesen und es nie einem Mann erlaubt hatte, sie anzufassen, erlaubte sie es jetzt mit einer Art nymphenhafter Hingabe der großen Hand des jungen Polizisten, sie zu stützen, während beide der schnell laufenden, wölfischen Silhouette des Mannes über die Straße hinweg bergan folgten. Sie konnte dabei die Körperlichkeit des Polizisten spüren, durch die ganze Dicke der dunkelblauen Uniform hindurch, und zwar als etwas Junges und Wachsames und Hoffnungsfrohes.

Als sie den Mann mit dem Hut erreichten, stand er mit geducktem Kopf, die Ohren gespitzt, lauschend neben dem eisernen Zaun, hinter dem große schwarze Stechpalmen standen, von Schnee überzuckert, und alte, zerfurchte, schweigende Englische Ulmen.

Der Polizist und die Frau warteten. Sie spähte in die Büsche, mit den scharfen Augen einer tauben Nymphe, taub für den Lärm dieser Welt. Der Mann mit dem Hut lauschte angestrengt. Ein Lastwagen fuhr die Straße hinab, ließ die Erde beben.

»Da!«, rief die Frau, während der Lastwagen dunkel vorbeirumpelte. Und sie blickte sich mit leuchtenden Augen zu ihrem Polizisten um, ihr frisches, sanftes Gesicht leuchtend vor staunender Lebendigkeit. Sie blickte direkt in die Augen des verdutzten, belustigten jungen Polizisten. Er hatte einfach seinen Spaß.

»Sehen Sie es nicht?«, sagte sie, eher herrisch.

»Was denn, Miss?«, antwortete der Polizist.

»Ich darf nicht darauf zeigen«, sagte sie. »Schauen Sie dahin, wo ich hinschaue.«

Und sie blickte von ihm fort mit strahlenden Augen, hinein in das dunkle Stechpalmengebüsch. Sie musste etwas sehen, denn sie lächelte sanft, mit zarter Befriedigung, und warf ihren aufrechten Kopf voller gerechtem Stolz in die Höhe. Der Polizist blickte sie an, statt in das Gebüsch. Da war ein gewisses Leuchten von Triumph und gerechtem Stolz in der ganzen Haltung ihres schlanken Körpers.

»Ich habe immer gewusst, dass ich ihn sehen würde«, sagte sie triumphierend zu sich selbst.

»Wen siehst du?«, rief der Mann mit dem Hut.

»Siehst du ihn nicht auch?«, fragte sie, indem sie ihm ihr sanftes, schelmisches, nymphenhaftes Gesicht begierig zuwandte. Sie war begierig darauf, dass der kleine Mann sah.

»Nein, ich sehe nichts. Was siehst du denn, James?«, rief der Mann mit dem Hut mit Bestimmtheit.

»Einen Mann.«

»Wo?«

»Da. Zwischen den Stechpalmen.«

»Ist er jetzt noch da?«

»Nein! Er ist fort.«

»Was für ein Mann war es?«

»Ich weiß es nicht.«

»Wie sah er aus.«

»Das kann ich dir nicht sagen.«

Aber in diesem Augenblick drehte der Mann mit dem Hut sich plötzlich um, und der schelmische, triumphierende Ausdruck flog auf sein Gesicht.

»Oh, er muss *dort* sein!«, rief er und zeigte auf die Ansammlung von Bäumen. »Hörst du ihn nicht lachen? Er muss hinter den Bäumen dort sein.«

Und seine Stimme brach mit seltsamen Entzücken wieder aus in Gelächter, während er dastand und mit den Füßen auf den Schnee stampfte und zu seinem eigenen Lachen tanzte, mit eingezogenem Kopf. Dann drehte er sich um und rannte eilig die von Bäumen gerahmte Avenue hinauf.

Er wurde langsamer, als sich ein Tor am Ende eines Gartenpfads, weiß vom unberührten Schnee, plötzlich öffnete; und im Licht stand, eingeschlagen in ein schwarzes Tuch mit langen Fransen, eine Frau. Sie spähte in die Nacht hinaus. Dann kam sie zum unteren Gartentor hinunter. Noch immer fielen Schneeflocken. Sie hatte dunkle Haare und trug einen großen dunklen Zierkamm darin.

»Haben Sie an meine Tür geklopft?«, fragte sie den Mann mit Hut.

»Ich? Nein!«

»Jemand hat an meine Tür geklopft.«

»Wirklich? Sind Sie sicher? Das ist ganz unmöglich. Da sind keine Fußspuren im Schnee.«

»Da haben Sie recht«, sagte sie. »Aber jemand hat geklopft und etwas gerufen.«

»Das ist äußerst erstaunlich«, sagte der Mann. »Erwarten Sie jemanden?«

»Nein. Ich habe nicht wirklich jemanden erwartet. Nur wie man immer *jemanden* erwartet, wenn Sie verstehen.« Im Zwielicht der schneebeleuchteten Nacht konnte er sehen, wie sie ihn aus ihren großen dunklen Augen anstarrte.

»Hat dieser jemand gelacht?«, sagte er.

»Nein. Es hat niemand gelacht, nicht wirklich. Jemand hat geklopft, und ich ging schnell öffnen, denn ich hoffte, wie man immer hofft, wenn Sie verstehen …«

»Was hofft man?«

»Oh – dass etwas Wunderbares passieren wird.«

Er stand dicht bei dem niedrigen Tor. Sie stand auf der anderen Seite. Ihr Haar war dunkel, ihr Gesicht schien düster, als sie zu ihm aufblickte mit ihren dunklen, vielsagenden Augen.

»Hatten Sie gehofft, dass jemand kommen würde?«

»Sehr sogar«, antwortete sie mit ihrer widerhallenden Stimme.

Er bückte sich herunter und öffnete das Tor. Währenddessen drehte die Frau im schwarzen Umschlagtuch sich um und lief, über ihre Schulter zurückblickend, eilig zurück zu ihrem Haus, in ihren hochhackigen Schuhen mit unregelmäßigen Schritten durch den Schnee. Der Mann eilte ihr nach, raste wie ein Jagdhund, um aufzuholen.

Inzwischen waren die junge Frau und der Polizist am Gartentor angekommen. Das Mädchen stand still da, während sie den Mann mit dem Hut beobachtete, wie er auf dem Gartenpfad hinter der Frau im schwarzen Umschlagtuch mit den Fransen herlief.

»Wird er reingehen?«, fragte sie leise.

»Sieht so aus, oder?«, sagte der Polizist.

»Kennt er diese Frau?«

»Das weiß ich nicht. Aber ich schätze, bald wird er sie kennen«, antwortete der Polizist.

»Aber wer ist sie?«

»Ich weiß nicht, wer sie ist.«

Die beiden dunklen, undeutlich erkennbaren Gestalten traten in den erleuchteten Flur, dann schloss sich die Tür hinter ihnen.

»Er ist weg«, sagte die junge Frau draußen im Schnee. Schnell zog sie sich das Band mit den Hörschalen vom Kopf und schaltete ihre Maschine aus. Die geheimen Lichter in den Röhrchen verschwanden, sie verstaute die Maschine in ihren ledernen Koffer. Dann, ihre weiche Fellmütze überstreifend, stand sie wieder da und war wieder bereit.

Das beinahe kriegerische Aussehen, das ihr langer, dunkelblauer, militärisch wirkender Mantel ihr verlieh, war nun verstärkt, während der beinahe ängstliche, ungläubige Ausdruck aus ihrem Gesicht verschwunden war. Sie schien sich zu strecken, ihre Gliedmaßen zu befreien. Und ihre vollen, weichen Wangen waren nicht länger unbewegt. Sie glühten lebhaft, vor Stolz und einer neuen, gefährlichen Sicherheit.

Sie schaute schnell zu dem jungen Polizisten. Er war glatt rasiert, sein frisches Gesicht grinste schief unter seinem Helm, so wartete er ein paar Meter entfernt, mit unaufdringlicher Geduld. Sie verstand, dass er ein anständiger junger Mann war, einer von denen, die warten.

Dem Anflug uralter Ängste folgte unmittelbar ein unbekümmertes, ungewohntes Gefühl von Macht.

»Schön!«, sagte sie. »Ich schätze es lohnt nicht, auf ihn zu warten.« Sie klang entschlossen.

»Sie müssen nicht auf ihn warten?«, fragte der Polizist.

»Keinesfalls. Er ist viel besser aufgehoben, wo er jetzt ist.« Sie lachte ein seltsames, kurzes Lachen. Dann, mit einem Blick über die Schulter, begann sie bergab zu gehen, mit ihrem Koffer in der Hand. Sie ging leichtfüßig, ihre Beine fühlten sich lang an und stark. Sie blickte erneut über die Schulter. Der junge Polizist folgte ihr, und sie lachte für sich. Ihre Gliedmaßen fühlten sich so leicht an und so stark, wenn sie wollte, es wäre ihr ein Leichtes, schneller zu rennen als er. Wenn sie wollte, könnte sie ihn ohne Weiteres töten, sogar mit bloßen Händen.

So erschien es ihr. Aber warum sollte sie ihn töten? Er war ein anständiger junger Mann. Ihr stand das dunkle Gesicht vor Augen, das sie zwischen den Stechpalmen gesehen hatte, der stechende, belustigte Blick. Ihre Brust fühlte sich machtvoll an, ihre Beine fühlten sich lang an und stark und wild. Sie war selbst überrascht davon, diesen Triumph und diese rosige Wut zu spüren. Die Hände an ihren Handgelenken schienen ihr voller Kraft. So fühlte sie sich, die sie immer erklärt hatte, keinen Muskel an ihrem Leib zu haben! Selbst jetzt waren es nicht Muskeln, war es eine Art Flamme.

Plötzlich begann es, heftig zu schneien, mit wilden, erfrorenen Windstößen. Die Schneeflocken waren klein, vereiste Körnchen, die ihr Gesicht schneidend trafen. Es wirbelte um sie her, als würde sie selbst wirbeln, durch eine Wolke. Es machte ihr nichts aus. Da war eine Flamme in ihr, ihre Gliedmaßen flammten und waren stark inmitten des Wirbels.

Und die wirbelnde, schneeige Luft schien voll von einer Präsenz, voll seltsamer, nicht gehörter Geräusche. Sie kannte das Gefühl, Geräusche nicht zu hören, die da waren. Dieses Gefühl wurde jetzt sehr stark. Sie spürte, dass etwas geschah in der wilden Luft.

Die Londoner Luft war nicht länger schwer und klamm, gesättigt mit den Geistern der widerwilligen Toten. Ein neuer, reiner Sturm fegte vom Pol herab, und da waren Geräusche.

Stimmen riefen. Trotz ihrer Taubheit konnte sie eine, mehrere Stimmen hören, wie sie riefen und pfiffen, als würden viele Leute durch die Luft jauchzen:

»Er ist zurückgekehrt! Aha! Er ist zurückgekehrt!«

Im Schneesturm war ein wilder, pfeifender, jubilierender Vielklang von Stimmen. Dann blinzelte ein verschwommener Blitz durch den Schnee in der Luft.

»Sind das Blitz und Donner?«, fragte sie den jungen Polizisten. Sie war stehengeblieben und wartete darauf, dass er aus dem Schleier des wirbelnden Schnees hervortrat.

»Sieht für mich danach aus«, sagte er.

Und in genau diesem Moment leuchtete der Blitz von Neuem, und das dunkle, lachende Gesicht war nah bei ihrem Gesicht, es berührte beinahe ihre Wange.

Sie schrak zurück, aber eine wonnevolle Flamme ergriff sie.

»Das da!«, sagte sie. »Haben Sie das gesehen?«

»Es hat geblitzt«, sagte der Polizist. Sie schaute ihn beinahe wütend an. Aber dann belustigten sie das saubere, frische, tierhafte Aussehen seiner Haut und der haustierhafte Blick in seinen verängstigten Augen; sie lachte ihr tiefes, triumphales Lachen. Er fürchtete sich offenbar, wie ein ängstlicher Hund, der etwas Unheimliches gesehen hat.

Plötzlich pfiff der Sturm lauter, gewaltsamer, und begleitet von einem seltsamen Klang wie von Kastagnetten schien sie Stimmen zittern und schreien zu hören:

»Er ist hier! Er ist zurückgekehrt!«

Sie nickte bedächtig.

Der Polizist und sie gingen Seite an Seite weiter. Sie lebte allein, in einem kleinen Haus mit Stuck in einer Seitenstraße weiter unten am Hügel. Erst kamen eine Kirche und ein Wäldchen, dann die Reihe alter kleiner Häuser. Der Wind wehte wild, war schwer von Schnee. Hin und wieder fuhr ein Taxi vorbei, dessen Lichter im Gestöber eine seltsame Erscheinung boten. Dennoch schien die Welt leer zu sein, unbewohnt, abgesehen vom Schnee und den Stimmen.

Als die junge Frau und der Polizist an dem Wäldchen vorbei und nah der Kirche waren, zwang ein heftiger Stoß aus Wind und Schnee sie, stehenzubleiben, und in der wilden Wirrnis hörten sie ein Wirbeln freudiger, schriller Stimmen, in etwa wie von Möwen, rufen:

»Er ist hier! Er ist hier!«

»Also, ich bin wahnsinnig froh, dass er zurückgekehrt ist«, sagte die junge Frau ruhig.

»Wie bitte?«, fragte der nervöse Polizist, der dicht neben der Frau schwankte.

Der Wind ließ sie weitergehen. Während sie an dem Zaun entlangliefen, schien es ihnen, als wären die Kirchentüren geöffnet und die Fenster verschwunden, und als rasten der Schnee und die Stimmen in wildem Galopp durch die ganze Kirche.

»Wie erstaunlich, dass sie die Kirche offen gelassen haben!«, sagte die junge Frau.

Der Polizist stand wie angewachsen. Er konnte nicht antworten.

Und während sie dastanden, lauschten sie dem Wind und der Kirche voll wirbelnder Stimmen, die alle durcheinanderschrien.

»*Jetzt* höre ich das Lachen«, sagte sie plötzlich.

Es kam aus der Kirche: der Klang von tiefem, hintergründigem, endlosem Gelächter, ein seltsamer, nackter Klang.

»Jetzt höre ich es!«, sagte sie.

Aber der Polizist sagte nichts. Er stand verängstigt da und lauschte auf die seltsamen Geräusche aus der Kirche.

Der Wind musste tatsächlich eines der Fenster zerschmettert haben, denn sie konnten sehen, wie der Schnee in Salven durch die schwarze Lücke hereinwirbelte, und wie er im Kircheninnern weiterwirbelte, wie ein schwaches Licht. Plötzlich tat es einen Schlag, gefolgt von einem Ausbruch nackten, kichernden Gelächters. Der Schnee schien der Grund zu sein für das seltsame Licht im Innern des Gebäudes, als bewegten sich darin Geister, schwer und groß.

Das Gelächter erklang erneut, dazu ein reißendes Geräusch. Auf dem Wind tanzte Papier, Buchseiten waren es, mit dem Schnee aus der Schwärze des Fensters heraus. Dann etwas Weißes, das in die Höhe schoss wie ein wahnsinniger Vogel, es stieg mit dem Wind, als hätte es Flügel, und landete mühsam draußen auf einem schwarzen Baum. Das war das Altartuch.

Fröhliche, trillernde Musik war zu hören. Der Wind fegte über die Orgelpfeifen, rasend auf und ab als wären es Panpfeifen. Fetzen wilder, fröhlicher, trillernder Musik, und Ausbrüche des nackten, tiefen Gelächters.

»Wahrhaftig!«, sagte die junge Frau. »Das ist wirklich außergewöhnlich. Hören Sie die Musik und die Leute lachen?«

»Ja, ich höre jemanden an der Orgel«, sagte der Polizist.

»Und spüren Sie die warme Brise? Es riecht nach Frühling. Mandelblüten, das ist es! Ein wirklich wundervoller Geruch nach Mandelblüten. Ist das nicht außergewöhnlich!«

Im Triumph ging sie weiter, an der Kirche vorbei und zu der Reihe kleiner alter Häuser. Sie öffnete das Tor zu ihrem kleinen, eingezäunten Vorgarten.

»Hier wohne ich«, sagte sie schließlich. »Haben Sie vielen Dank, dass Sie mich begleitet haben.«

Sie betrachtete den jungen Polizisten. Sein ganzer Körper war weiß vom Schnee, und in dem diffusen Licht der Straßenlaterne erkannte sie in seinem Gesicht Demut und Angst.

»Kann ich reinkommen und mich ein bisschen aufwärmen?«, fragte er demütig. Sie wusste, dass er mehr vor Angst fror als vor Kälte. Er hatte Todesangst.

»Nun ja!«, sagte sie. »Bleiben Sie unten im Wohnzimmer, wenn Sie mögen. Kommen Sie nicht herauf, denn ich bin allein im Haus. Sie können das Feuer im Wohnzimmer anfachen und Sie können gehen, wenn Sie sich aufgewärmt haben.«

Sie ließ ihn auf der großen, niedrigen Couch vor dem Feuer zurück, sein Gesicht bläulich und ausdruckslos vor Furcht. Seine blauen Augen rollten ihr nach, als sie den Raum verließ. Aber sie ging hinauf zu ihrem Schlafzimmer und verriegelte die Tür.

Am Morgen saß sie in ihrem Atelier im Obergeschoss, betrachtete ihre eigenen Gemälde und lachte dabei für sich. Ihre Kanarienvögel redeten und pfiffen schrill in dem Sonnenschein, der auf den Sturm gefolgt war. Der kalte Schnee draußen war noch unberührt, und das weiße Gleißen in der Luft ließ den Sonnenschein stärker wirken, als er war.

Sie betrachtete ihre eigenen Gemälde und kicherte zu sich selbst über deren Komik. Mit einem Mal erschienen sie ihr vollkommen absurd. Sie schaute sie sich gern an, sie schienen ihr so grotesk. Besonders ihr Selbstporträt, mit dem schönen braunen Haar und dem leicht geöffneten Hasenmund und den erstaunten, unsicheren Hasenaugen. Sie betrachtete das gemalte Gesicht und lachte ein langes, sich kräuselndes Lachen, bis die Kanarienvögel, gelb wie welke Narzissen, beinahe irre wurden beim Versuch, lauter zu singen als sie. Das lange, sich kräuselnde Gelächter der jungen Frau klang unheimlich durch das Haus.

Die Haushälterin, eine junge Frau mit traurigem Gesicht – sie war, wie beinahe jeder in England, von der besseren Sorte, krankte an dem typisch britischen Gebrechen des Hochmuts –, kam herein mit einem fragenden und eher missbilligenden Blick.

»Sie haben gerufen, Miss James?«, fragte sie laut.

»Nein. Nein, ich habe nicht gerufen. Schreien Sie nicht, ich höre Sie gut«, antwortete die junge Frau.

Die Haushälterin nahm sie von Neuem in Augenschein.

»Wussten Sie, dass da ein junger Mann im Wohnzimmer sitzt?«, sagte sie.

»Nein, wirklich!«, rief die junge Frau. »Wie, der junge Polizist? Ich hatte ihn ganz vergessen. Er ist während des Sturms hereingekommen, um sich aufzuwärmen. Ist er nicht fortgegangen?«

»Nein, Miss James.«

»Wie außergewöhnlich von ihm! Wie viel Uhr ist es? Viertel vor neun! Warum ist er nicht gegangen, als ihm warm geworden war? Ich muss wohl zu ihm, schätze ich.«

»Er sagt, er sei lahm«, sagte die Haushälterin.

»Lahm! Das ist ja außergewöhnlich. Das war er letzte Nacht gewiss nicht. Aber brüllen Sie nicht. Ich kann Sie durchaus gut hören.«

»Wird Mr Marchbanks zum Frühstück kommen, Miss James?«, sagte die Haushälterin, in noch kritischerem Ton.

»Ich weiß es nicht. Aber ich werde mit Sicherheit nach unten kommen, sobald meines fertig ist. Ich muss ohnehin gleich hinunter, um den Polizisten zu treffen. Außergewöhnlich, dass er noch da ist.«

Um etwas nachzudenken, setzte sie sich an ihr Fenster in die Sonne. Sie blickte auf den Schnee draußen, die kargen, mattlila Bäume. Die Luft fühlte sich dünn und fremd an. Auf einmal war die ganze Welt vollkommen anders geworden, als ob eine Haut oder Hülle gerissen wäre, als wäre der alte, zerfallene Londoner Himmel knisternd zurückgeschoben worden wie eine alte faltige Haut, und ein absolut neues, blaues Paradies freigelegt.

»Es ist wirklich außergewöhnlich«, sagte sie bei sich. »Oh, ich habe das Gesicht des Mannes gesehen. Was für ein herrliches Gesicht das war!

Ich werde es nie mehr vergessen. Was für ein Lachen! Wer zuletzt lacht, lacht am besten. Er wird mit Sicherheit zuletzt lachen. Dafür mag ich ihn: Er wird zuletzt lachen. Er muss wirklich jemand Außergewöhnliches sein! Wie schön, wenn man als Letzter lacht! Und das wird er mit Sicherheit. Was für ein wundervolles Wesen! Ich glaube, ich muss ihn Wesen nennen. Er ist nicht wirklich ein Mensch.

Aber wie großartig es von ihm ist, zurückzukehren und sofort die ganze Welt zu verändern! Ist das nicht außergewöhnlich? Ich frage mich, ob er Marchbanks verändert hat. Natürlich hat Marchbanks ihn nicht gesehen. Aber er hat ihn gehört. Ob das nicht ausreicht, frage ich mich! Das frage ich mich!«

Sie gab sich ihren Gedanken über Marchbanks hin. Sie

waren so gute Freunde. Sie waren seit zwei Jahren auf diese Art befreundet gewesen. Nie Liebende. Das keinesfalls. Aber Freunde.

Im Grunde hatte sie ihn geliebt, zumindest in ihrem Kopf. Das kam ihr jetzt so komisch vor: dass sie ihn, in ihrem Kopf, so sehr geliebt hatte. Das Leben war im Grunde einfach zu absurd.

Denn jetzt sah sie, was für ein komisches Paar sie beide bildeten. Er, der das Leben so komisch ernst nahm, besonders sein eigenes. Und sie, so lächerlich entschlossen dazu, ihn vor ihm selbst zu retten. Oh, wie absurd! Entschlossen, ihn vor ihm selbst zu retten, und schrecklich verliebt in ihn während dieser Mühen. Wie unglaublich albern! Entschlossen, ihn vor ihm selbst zu retten!

Absurd! Absurd! Absurd! Sie hatte den Mann lachen sehen zwischen den Stechpalmen – ein so unglaubliches, außergewöhnliches Lachen – und so ihre eigene Lächerlichkeit erkannt. Wirklich, was für eine fantastische Albernheit, einen Mann vor ihm selbst retten zu wollen! Überhaupt jemanden retten zu wollen. Was für eine fantastische Albernheit! Wie viel amüsanter und aufregender ist es doch, ihn auf seinem Weg ins Verderben gehen zu lassen. Verdamnis war ohnehin so viel lustiger als Erlösung, und für die meisten Männer ein besseres Lebensziel.

Sie hatte keinen Mann je geliebt, auch Marchbanks nicht wirklich. Das sah sie jetzt ganz klar. Was für ein Unsinn es im Grunde war, dieses ganze Verliebtsein. Gott sei Dank hatte sie nie diesen peinlichen Fehler begangen.

Der Mann zwischen den Stechpalmen hatte ihr das alles so klar gezeigt: die Lächerlichkeit der Liebe, das würdelose Einem-Mann-Nachjagen oder Von-einem-Mann-umworben-Werden.

»Ist die Liebe wirklich so absurd und würdelos?«, fragte sie sich selbst laut.

»Na, aber natürlich!«, antwortete eine tiefe, lachende Stimme.

Erschrocken blickte sie um sich, aber niemand war zu sehen.

»Es muss wohl wieder dieser Mann sein!«, sagte sie bei sich. »Es ist wirklich bemerkenswert, weißt du. Ich halte es wirklich für eine bemerkenswerte Sache, dass ich keinen Mann je wirklich wollte – keinen einzigen. Und dabei bin ich doch über dreißig. Es ist *seltsam*. Ob mit mir etwas nicht stimmt oder ob mit mir etwas stimmt, weiß ich nicht. Ich weiß es nicht, bis ich einen Beweis habe. Wenn der Mann weiter lacht, glaube ich, dann wird mir etwas passieren.«

Sie roch den seltsamen Geruch von Mandelblüten im Zimmer und hörte das ferne Lachen wieder.

»Ich frage mich, warum Marchbanks gestern Abend mit der Frau mitgegangen ist. Was könnte er wohl von ihr wollen – und sie von ihm? Ganz sonderbar, als hätten sich beide etwas in den Kopf gesetzt. Wie außergewöhnlich rätselhaft das Leben ist. So durcheinander scheint alles.

Warum lacht im Leben niemand wie dieser Mann? Er schien wirklich so wundervoll. So spöttisch! Und so stolz! Und so echt! Mit diesen lachenden, spöttischen, unglaublichen Augen, er lachte einfach und verschwand wieder. Ich kann mir nicht vorstellen, wie er irgendeiner Frau hinterherjagt, zum Glück! Es ist alles so durcheinander. Mein Polizist wäre auch schmutzig, wenn man ihn ließe, wie ein Hund. Ich mag keine Hunde, wirklich nicht. Und Männer verhalten sich wirklich so hündisch!«

Aber selbst während sie diesen Gedanken nachhing, begann sie für sich zu lachen, in einem langgezogenen, tiefen Glucksen. Wie wundervoll von diesem Mann, zu kommen und den

Himmel reißen zu lassen und verschrumpeln wie eine alte Haut. War er nicht wundervoll? Wäre es nicht wundervoll, wenn einfach er sie berührte. Sogar berührte. Denn sie spürte, dass, wenn er sie berührte, auch sie aus ihrer alten, harten Haut schlüpfen würde, erneuert und zart. Sie blickte versonnen aus dem Fenster.

»Da kommt er ja gerade«, sagte sie plötzlich. Aber sie meinte Marchbanks, nicht den lachenden Mann.

Da kam er, seine Hände noch immer tief in den Manteltaschen vergraben, den Kopf eher verstohlen geduckt, mit dem Bowlerhut auf dem Kopf und seinem noch immer watschelnden Gang. Er eilte über die Straße, guckte nicht hoch, bestimmt tief in Gedanken versunken. Bestimmt dachte er tiefgehend, mit den Qualen der inneren Erregung, über die vergangene Nacht nach. Es war zum Lachen.

Sie brach in ein langes Lachen aus, während sie ihn vom Fenster herab beobachtete, und die Kanarienvögel stimmten kräftig ein.

Er war unten im Flur. Seine nachhallende Stimme rief in beinahe herrischem Ton:

»James! Kommst du runter?«

»Nein«, rief sie zurück. »Komm du rauf!«

Er nahm zwei Stufen mit jedem Schritt, als wären seine Füße ein wenig sauer darüber, dass die Treppe ihm im Weg war.

Vom Türstock her starrte er sie an mit einem abwesenden, sardonischen Ausdruck; seine grauen Augen bewegten sich mit einem seltsamen Leuchten. Und sie erwiderte seinen Blick mit einer erstaunten, eher hochmütigen Gleichgültigkeit.

»Willst du dein Frühstück nicht?«, fragte sie. Es war seine Gewohnheit, jeden Morgen mit ihr zu frühstücken.

»Nein«, antwortete er laut. »Ich war in einem Café.«

»Schrei nicht so«, sagte sie. »Ich kann dich gut hören.«

Er blickte sie an mit Spott im Gesicht und einem Hauch Bosheit.

»Das konntest du schon immer, glaube ich«, sagte er, noch immer laut.

»Wie auch immer, jedenfalls kann ich es jetzt, und du brauchst nicht zu brüllen«, antwortete sie.

Und wieder ruhten seine grauen Augen, mit ihrem seltsamen, gräulich phosphoreszierenden Leuchten böswillig auf ihrem Gesicht.

»Sieh mich nicht an«, sagte sie ruhig. »Ich weiß alles über alles.«

Ein Bausch boshaften Gelächters brauch aus ihm hervor.

»Wie, was ist denn los?«, fragte er neugierig. »Was hast du gemacht?«

»Ich weiß nicht recht. Wieso, willst du mich zur Verantwortung rufen?«

»Hast du das Lachen gehört?«

»Oh ja. Und noch viel mehr. Und gesehen habe ich auch Vieles.«

»Hast du die Zeitung gelesen?«

»Nein. Brüll nicht, ich kann hören.«

»Es gab einen heftigen Sturm, der die Fenster und Türen aus der Kirche hier gerissen hat; das ganze Gebäude ist beschädigt.«

»Ich hab's gesehen. Eine Seite aus der Kirchenbibel wehte mir direkt ins Gesicht – aus dem Buch Hiob.« Sie lachte tief.

»Aber was hast du noch gesehen?«

»IHN habe ich gesehen.«

»Wen?«

»Ah, das darf ich nicht sagen.«

»Aber wie war er denn?«

»Das kann ich dir nicht sagen. Ich weiß es nicht recht.«

»Aber du musst es wissen. Hat dein Polizist ihn auch gesehen?«

»Nein, das glaube ich nicht. Mein Polizist!«, und sie brauch aus in ein breites Lachen. »Er ist auf keinen Fall *mein* Polizist. Aber ich muss runtergehen und nach ihm sehen.«

»Dich hat es auf jeden Fall sehr seltsam werden lassen«, sagte Marchbanks. »Du hast keine Seele, weißt du.«

»Oh, zum Glück nicht!«, rief sie. »Mein Polizist hat eine, ganz bestimmt. Mein Polizist!« Und sie brach wieder in ein lang läutendes Lachen aus, und die Kanarienvögel läuteten schrill mit ihr.

»Was ist los mit dir?«, sagte er.

»Keine Seele zu haben. Ich hatte nie wirklich eine. Man hat mich immer um sie geprellt. Seele war das Einzige, was es zwischen uns gegeben hat. Gott sei Dank ist das weg. Hast du deine nicht verloren? Die dich gequält zu haben scheint wie ein schmerzender Zahn?«

»Wovon redest du bloß?«, brüllte er.

»Ich weiß nicht«, sagte sie. »Es ist alles so außergewöhnlich. Aber schau, ich muss runtergehen und nach meinem Polizisten sehen. Er ist unten im Wohnzimmer. Komm du besser mit.«

Sie gingen gemeinsam nach unten. Der Polizist, in seiner Weste und mit kurzen Ärmeln, lag auf dem Sofa und machte ein sehr langes Gesicht.

»Also!«, sagte Miss James zu ihm, »stimmt es, dass Sie lahm sind?«

»Es stimmt. Deswegen bin ich hier. Ich kann nicht laufen«,

antwortete der blonde junge Mann, und Tränen schossen ihm in die Augen.

»Aber wie ist das geschehen? Sie waren letzte Nacht noch nicht lahm«, sagte sie.

»Ich weiß nicht, wie es passiert ist. Aber als ich aufgewacht bin und aufstehen wollte, konnte ich nicht.« Tränen liefen sein angespanntes Gesicht hinunter.

»Wie äußerst außergewöhnlich!«, sagte sie, »was können wir da machen?«

»An welchem Fuß liegt es?«, fragte Marchbanks. »Lass uns mal sehen.«

»Ich würde lieber nicht«, sagte der arme Teufel.

»Zeig ihn lieber«, sagte Miss James.

Langsam zog er seinen Strumpf aus und sichtbar wurde sein weißer linker Fuß, seltsam verklumpt, wie die sonderbare Tatze irgendeines Tiers. Als er selbst auf ihn blickte, schluchzte er.

Und während er schluchzte, hörte das Mädchen wieder das tiefe, frohlockende Lachen. Aber sie achtete nicht darauf, sondern betrachtete neugierig den weinenden jungen Polizisten.

»Tut es weh?«, fragte sie.

»Ja, wenn ich versuche, darauf zu laufen«, schluchzte der junge Mann.

»Ich sage Ihnen, was wir machen«, sagte sie. »Wir telefonieren nach einem Arzt, und der kann Sie mit dem Taxi nach Hause bringen.«

Der junge Kerl wischte sich voll Scham die Augen ab.

»Aber haben Sie denn keine Ahnung, wie es passiert sein könnte?«, fragte Marchbanks ängstlich.

»Ich weiß es ja wirklich nicht«, sagte der junge Kerl.

In diesem Augenblick hörte das Mädchen das tiefe, ewige

Lachen direkt in ihrem Ohr. Sie schreckte auf, konnte aber niemanden sehen.

Sie drehte sich in die andere Richtung, als Marchbanks einen seltsamen, kläffenden Schrei ausstieß, wie ein erschossenes Tier. Sein Gesicht war erstarrt, entstellt in einem sonderbaren Grinsen, größtenteils Todeskampf, aber auch wildes Erkennen. Er starrte unverrückbar auf etwas. Und in dem rollenden Todeskampf in seinen Augen lag das furchtbare Grinsen eines Mannes, der erkennt, dass er sich endgültig, und sogar tödlich, zum Narren gemacht hat.

»Ah!«, schrie er mit hoher Stimme, »Ich wusste, dass *er* es ist!« Und mit einem falschen, schüttelnden Lachen kippte er vornüber auf den Teppich und wand sich einige Augenblicke lang auf dem Boden. Dann lag er still, sein Körper in einer seltsamen, verzerrten Haltung, wie ein Mann, der vom Blitz getroffen worden war.

Miss James starrte mit runden, starren braunen Augen.

»Ist er tot?«, fragte sie schnell.

Der junge Polizist zitterte so stark, dass er fast nicht sprechen konnte. Sie konnte seine Zähne klappern hören.

»Sieht so aus«, stotterte er.

In der Luft lag ein zarter Duft von Mandelblüten.

Quellenverzeichnis

Amelia B. Edwards »Die Geisterkutsche« (OT »The Phantom Coach«) erschien erstmals 1864 in der Weihnachtsausgabe von *All the Year Round*. Neu übersetzt von Marion Herbert.

Sir A. C. Doyles »Der Captain der Pole Star« (OT »The Captain of the Pole-Star«) erschien erstmals 1883 in der Januarausgabe von *Temple Bar*. Neu übersetzt von Heike Holtsch. Die Fußnote ist Teil des Originaltextes.

Hume Nisbets »Das alte Portrait« (OT »The Old Portrait«) erschien erstmals 1896 in der Februarausgabe von *The Penny Illustrated Paper*, Nr 22. Neu übersetzt von Heike Holtsch.

Lettice Galbraiths »Das Blaue Zimmer« (OT »The Blue Room«) erschien erstmals 1897 im *Macmillan's Magazine*. Neu übersetzt von Heike Holtsch.

Edith Nesbits »Das Omen des Schattens« (OT »The Portent of the Shadow«) erschien erstmals 1905 in der Dezemberausgabe von *Black & White*, Nr 23. Neu übersetzt von Marion Herbert.

Algernon Blackwoods »Der Seesack« (OT »The Kit-Bag«) erschien erstmals 1908 in der Dezemberausgabe des Pall Mall Magazines. Neu übersetzt von Marion Herbert.

D. H. Lawrences »Wer zuletzt lacht« (OT »The Last Laugh«) erschien erstmals 1925 in *The New Decameron*, Band IV. Neu übersetzt von Jochen Veit.